Couverture inférieure manquante

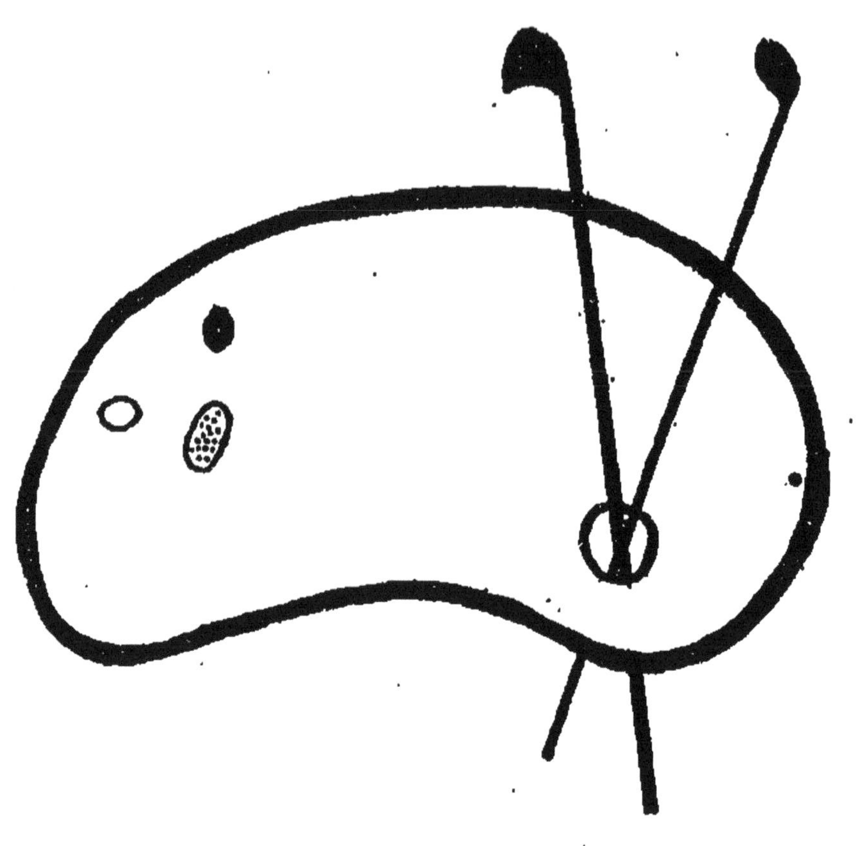

LE REQUIEM

DES

GENS DE LETTRES

Comment meurent ceux qui vivent du Livre

PAR

Firmin MAILLARD

*La Vie est un drame ou plutôt une
tragédie qui s'appelle l'Homme —
l'Homme de lettres surtout — et
dont le héros est le Ver conquérant.*

PARIS

Henri Daragon, Libraire

10, rue Notre-Dame-de-Lorette, 10

—

1901

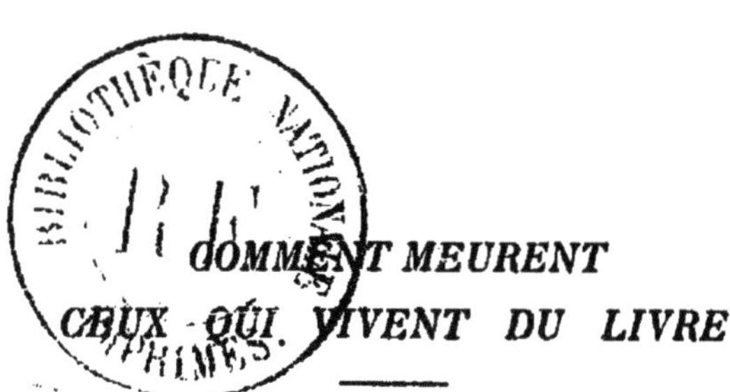

COMMENT MEURENT
CEUX QUI VIVENT DU LIVRE

Scènes de la dernière heure

Il a été tiré de cet ouvrage

TROIS CENT QUATRE-VINGT-DEUX EX. :

12 exempl. sur pap. du Japon (A à J).
8 exempl. sur pap. de Chine (K à O).
12 exempl. sur pap. de Hollande (P à Y).
350 exemplaires sur alfa vergé (1 à 350).

———

LE REQUIEM

DES

GENS DE LETTRES

Comment meurent ceux qui vivent du livre

PAR

FIRMIN MAILLARD

*La Vie est un drame ou plutôt une
tragédie qui s'appelle l'Homme —
l'Homme de lettres surtout — et
dont le héros est le Ver conquérant.*

PARIS

HENRI DARAGON, LIBRAIRE

10, rue Notre-Dame de Lorette, 10

1901

On ne meurt jamais trop tôt

Les plaisantins de la dernière heure

Desiderata

Sinistres farceurs

—

Oui, comment meurent-ils ? sans doute, comme tout le monde, ceux-ci un peu jeunes, ceux-là beaucoup trop vieux ! Il est certain qu'en thèse générale on ne meurt jamais trop tôt — pour les autres, comme pour soi-même, et que ceux qui partent de bonne heure sont aimés des Dieux, les anciens le savaient bien. Mais allez donc faire comprendre aux gens de lettres qu'il vaut mieux exciter des regrets — hypocrites souvent, je le veux bien : lui mort ! si jeune... un talent plein de promesses, — que de songer qu'on peut dire comme pour ce vieux Baour-Lormian : — Allons donc, encore ! en pensant à l'épitaphe anticipée que lui avait faite, plus de cinquante ans auparavant, son ennemi Lebrun-Pindare :

> Ci-gît le Tasse de Toulouse
> Qui mourut in-quarto, puis remourut in-douze,
> Et qui, ressuscité par un pouvoir nouveau,
> Vient de mourir in-octavo.

Les gens de lettres, les poètes principalement, ont une certaine tendance à regarder leur profession comme très meurtrière : c'est un motif de pleurer sur eux-mêmes trop précieux pour que je vienne essayer brutalement de les en déposséder. Du reste, un anglais, M. Malden, a dans une sorte de physiologie de l'homme de lettres, dressé, à l'aide de tables de mortalité, une statistique où je vois les savants atteindre une moyenne vitale de 75 ans, les philosophes 70 ans, les romanciers 63 ans et demi *(sic)*, et les poètes 57 ans — tout sec.

Ils peuvent donc encore se lamenter à juste titre, bien que pour eux les conditions de vie se soient singulièrement améliorées : au lieu du coffre sur lequel, au siècle dernier, ils étaient assis dans l'antichambre de M. le Duc, attendant que Sa Grâce leur fît l'honneur de les admettre à son petit lever, ils ne connaissent aujourd'hui d'autre coffre que le coffre-fort de leur éditeur Lemerre d'où ils savent très bien extraire les doublons dont ils garnissent amplement leur ceinture. Et comme la plupart d'entre eux ont dès leur début l'air vieillot, la mort ne les reconnaît pas; ils atteignent un âge très avancé, sans que personne y fasse attention et mettent la statistique en défaillance.

En général, dit-on, les gens de lettres sont sujets à certaines maladies..., mais quelle est la profession qui n'en entraine pas avec elle? Tout le monde sait, au moins pour l'avoir entendu dire, que Mme de Sévigné parle quelque part « du cul sur la selle », certainement; puis à force de se gratter la cervelle, celle-ci devient irritable..., cela peut même tourner à l'apoplexie chez ceux qui s'adonnent plus spécialement à la critique. Il y a de nombreux traités sur ce sujet et le lecteur n'a que l'embarras du choix..., classer les maladies des gens de lettres, discourir sur elles, se mettre à la recherche des microbes qui les dévorent, est affaire de médecin, je n'en ai cure. Il est déjà assez difficile d'établir de quelle maladie ils meurent. Voilà Théophile Gautier par exemple..., la médecine dit qu'il est mort d'une maladie de cœur... Quelle erreur! « Nous périssons par l'indulgence, par la clémence, par la *vacherie*, s'écrie

Flaubert, moi je vous dis qu'il est mort de la *charognerie moderne*. C'était son mot, et il l'a répété cet hiver plusieurs fois : — Je crève de la Commune. »

Vous voyez donc bien.

✦◉✦

Il ne faut pas s'attendre à des choses extraordinaires, et les hautes pensées ne sont pas seules à hanter leur chevet ; ainsi Félix Arvers, l'homme au sonnet, qui se mourait lentement d'une maladie de la moelle épinière, n'interrompit son agonie silencieuse de deux jours, que pour crier à une femme à qui il entendait dire : — C'est là bas, au bout du *colidor...* « — corridor et non pas colidor ! »

C'est tout ce que, lui, Arvers, dit avant de mourir. Cela rappelle le mot du Père Bouhours : « — Je vais ou je vas mourir, l'un et l'autre se disent », et aussi Malherbe répondant avec humeur à un prêtre qui cherchait, en un français déplorable, à lui faire entrevoir les joies de l'autre vie : « — Ne m'en parlez plus, votre mauvais style m'en dégoûterait. »

Nous ne voulons pas solenniser la chose plus que de raison. D'un autre côté le sujet est peu plaisant, bien que des gens célèbres se soient donné la peine de mourir en plaisantant, ainsi que le témoigne un indigeste petit volume intitulé : *Réflexions sur les grands hommes qui sont morts en plaisantant.* L'Evangile dit brutalement : « Malheur à ceux qui rient!.. » Oui, ne rions pas trop; d'abord les sujets manquent, puis chaque chose a son temps; le jour de la mort est un maître jour, et il faut le prendre comme il vient, sérieusement. Il est misérable de sortir de la vie de la même façon qu'on y entre, en pleurant et en criant; on doit montrer au moins qu'on est digne de la quitter.

Je me souviens encore de l'impression pénible que nous causa ce pauvre Murger que nous étions allés voir à la Maison de santé, Barthet, Duchesne et moi. La mort dans les dents, il ne plaisantait pas mais visait au bel esprit, espérant que ses bons mots allaient courir la ville, et croyant par cette faiblesse montrer beaucoup de courage. Les mots faisaient long feu — à mon avis du moins, car je suis obligé de reconnaître qu'ils firent l'admiration de tout Paris; répétés à satiété par la presse, ils se repandirent en province et depuis ont toujours accompagné le souvenir de Murger.

Le docteur lui disait : — Soyez

tranquille, nous combattrons cela. Dans quelque temps, vous entrerez en convalescence. — C'est la convalescence de la vie, dont vous parlez, n'est-ce pas, docteur ? dit Murger avec un triste sourire.

Le dimanche matin (*il est mort le lundi à dix heures et demie du soir*) il disait : « Ah ! mon pauvre ami, je suis si faible, si faible qu'une mouche m'enverrait deux témoins. »

Etc.

❈

Henri Heine avait à peu près les mêmes tendances, avec un peu plus d'esprit, mais où l'on sent toujours l'effort et la pose. La tragédie, disait-il, à Louis Kalisch, est à son cinquième acte que je trouve très long et très ennuyeux... D'ailleurs, j'ai l'âge où un poète qui se respecte doit mourir. — Revenez bientôt me voir ; « à présent vous n'avez que quelques pas à faire pour arriver chez moi ; mais pour peu que vous tardiez, vous serez obligé de faire le chemin long et sale qui conduit au cimetière Montmartre, où j'ai déjà arrêté un petit appartement avec une vue magnifique sur l'éternité. L'appartement ne sera pas splendidement meublé, je vous en réponds et je suppose qu'il y fera un peu humide ; mais le propriétaire ne m'augmentera jamais et je n'y aurai que des voisins tranquilles qui ne troubleront pas mon sommeil. »

Deux heures avant de mourir, à quelqu'un qui lui demandait s'il était en paix avec Dieu, il répondit : « Dieu ! il doit me pardonner, c'est son état. » J'ai dit ce que je pensais des plaisantins de la dernière heure... mais quand on fait le malin, il faut aller jusqu'au bout et ne pas... *caner* devant la *camarde*. Or, le maître railleur avait pris ses précautions afin de neutraliser le mauvais effet que le souvenir de ses saillies pouvait faire naître en haut lieu, lorsqu'il irait prendre place à la droite du Père, et voici l'opiat dont il avait oint son testament : « ... depuis quatre ans, j'ai mis de côté tout orgueil philosophique et suis revenu aux idées religieuses. Je meurs croyant à un Dieu éternel, créateur du monde, dont j'invoque la miséricorde pour mon âme immortelle. Je regrette d'avoir souvent parlé dans mes écrits d'une manière peu respectueuse des choses saintes ; mais je l'ai fait entrainé bien plus par l'esprit de l'époque que par une irréligion personnelle. Si, sans le savoir, j'ai offensé les bons principes et la morale, qui sont la vraie force de toute croyance, mon Dieu, je t'en demande pardon à toi et aux hommes... »

C'est peut-être mieux... comédie à part.

Bien que je n'admire point ces plaisantins-là, comme il me faut satisfaire tout le monde, je citerai encore celui-ci, mais ce sera le dernier, qui s'est amusé tout seul en cet instant que d'autres regardent avec horreur. C'était un pauvre diable nommé Chavannes, un ami de Romieu, ancien collaborateur de la *Pandore,* du *Corsaire,* etc.; il meurt dans sa mansarde, seul, n'ayant pour compagne que la misère, et l'on trouve sous son traversin ce testament — qu'il devait encore à quelqu'un : « Je n'ai rien, je donne tout à la Société des Gens de lettres. Le reste est pour mes créanciers. »

Je ne dirai pas que j'aime mieux la mort de Socrate — je ne parle point des trente derniers jours, ni du tableau un peu solennel de David, simplement de la dernière heure, de l'admirable récit le *Phédon* — ce serait hors de toute proportion, mais à ces gens trop gais, je préfère, sans aller si loin, M. de Montalembert qui, la nuit même de sa mort, écrivait tout paisiblement à M. de Hübner une lettre de félicitations au sujet d'un livre que celui-ci lui avait envoyé : « Je ne vous écris pas longuement parce que je vous écris à côté de ma tombe entr'ouverte... » Il était minuit, à huit heures et demie du matin M. de Montalembert rendait le dernier soupir.

Mme de Montalembert désirant garder ces lignes, les dernières qu'ait tracées le célèbre écrivain, en a fait tirer une épreuve photographique pour M. de Hübner.

Du reste, je ne m'occuperai ici que de quelques-uns dont la mort a présenté certaines particularités à retenir ; il est évident que je ne parlerai pas de ceux qui meurent bourgeoisement dans leur lit, situation enviable sans doute, mais dont la récompense suffit en elle-même pour qu'il n'y ait aucun intérêt à en entretenir le public ; non plus des chanceux qui sont foudroyés par la mort, les uns atteints au cœur, les autres au cerveau et, du coup, se trouvent débarrassés des ennuis de la dernière heure, comme Paul Duplessis au milieu de la rue... « Il n'y a pas de ridicule à mourir dans la rue, quand on ne le fait pas exprès » a dit Henri Beyle qui, lui aussi, devait tomber dans la rue, frappé d'une attaque d'apoplexie ; ou comme Armand Baschet mort en déjeunant, ce qui fit dire à Monselet — qui devait traîner si longtemps : Heureux ceux qui meurent en pelant une poire.

Mais d'abord, que pensent les gens
de lettres sur ce chapitre... final ?
Ils aiment à parler d'eux-mêmes, le
fait est incontestable ; le moi haïssable
de Pascal leur est cher, les poètes en
sont insatiables et, depuis leur premier duvet jusqu'à leur dernière
perruque, ne cessent de s'absorber
dans la contemplation de leur om-
bilic ; tout ce qu'ils en retirent, le
public l'a, ils ne lui font grâce de
rien. Bien peu échappent à ce travers
et tous vont même au delà, car tous
vous entretiennent de leur mort, des
desiderata qu'ils nourrissent au sujet
de leur tombe — domicile qui semble
beaucoup les tenir en souci — et le
rêvant fastueux, hypocritement le
demandent simple et modeste... Ces
préoccupations atteignent moins
l'homme tombé dans la prose, quelques-uns cependant, gens de précaution, écrivent leurs Mémoires
espérant ainsi se garantir un peu
devant la postérité des appréciations
de leurs contemporains ; là s'arrête
généralement le souci de leur per-
sonnalité.

Mais les poètes !.. plus ils sont
jeunes, plus l'idée de la mort leur
trotte dans la cervelle ; Chateaubriand — qui fut toujours poète,

écrivait en 1790 (il avait alors 22 ans) :

Au séjour des grandeurs, mon nom mourra
[sans gloire,
Mais il vivra longtemps sous les toits de
[roseaux ;
Des bergers attendris feront ma courte his-
[toire :
« Notre ami, diront-ils, naquit sous ce berceau
« Il commença sa vie à l'ombre de ce chêne,
« Il la passa couché près de cette eau
« Et sous les fleurs sa tombe est dans ces
[plaines. »

Quel rapport y a-t-il jamais eu entre ces pauvres vers mélancoliques et modestes, et la vie tout entière de l'illustre écrivain, jusqu'à et y compris la tombe orgueilleuse qu'il se choisit sur le grand Bé !

Peu de poètes ont plus souvent parlé de leur mort que Charles Nodier qui n'était pas un hypocondre ; M. Charles Weiss, son vieil ami, me signala jadis bien des passages sur ce sujet. La pièce intitulée *Changement de domicile* est entièrement consacrée à cette aimable rêverie :

Quand je rêve tout seul à travers la campagne
Je me creuse parfois des fosses en Espagne...

et le voilà parti ; il veut un endroit solitaire, loin de la ville et du bruit,

un lit de mousse, de feuilles et de
fleurs, sans croix, sans pierre, sans
rameaux.

Tâchez qu'on m'oublie et ne m'éveillez pas...
A quoi sert de mourir si l'on ne se repose !

Il est mort dans le calme le plus
parfait, recommandant à sa fille de
lire Tacite et Fénelon afin de se
donner de l'assurance dans le style,
et comme sur sa demande on venait
de lui dire qu'on était au 27 février
1844 : — Retenez bien cette date,
dit-il aux personnes qui l'entouraient..., puis il mourut.

La ville de Paris lui donna à per-
pétuité une sépulture dans le célèbre
Père-Lachaise, mais où il n'est pas

... seul, tout seul à l'abri d'une haie
Sous un gazon bordé de fleurs, qu'à petit bruit
Flatte un ruisseau qui tombe, et qui roule et
[s'enfuit
Non loin d'un saule sec, aux flancs creux ou
[d'un hêtre,
Dont l'ombre a protégé quelque noce cham-
[pêtre.

D'autres encore demandent... mais
en même temps font tout leur possible pour entraver la réalisation de
leur rêve ; ainsi Lefèvre-Deumier,
un homme de talent, qui écrivait :
« Tout ce qu'il y a d'attrayant pour

moi, dans le monde et dans les livres, s'associe au pur amour de la campagne. Le peu de belles heures que j'ai connues se sont passées bien loin des villes... C'est où tout cela se rencontre, aux champs, que je n'ai pas vécu; c'est là que je voudrais m'évanouir comme un parfum, m'éteindre comme un météore, me dissoudre dans tout ce que j'aime... » Oui, cela est très gentil et à la portée du premier vagabond venu, mais irréalisable quand on est bibliothécaire de Napoléon III, bibliothécaire d'une bibliothèque qui n'existe pas, place pour laquelle on touche 10,000 fr. par an et qui exige votre présence intermittente pour donner de temps en temps une signature — à seule fin d'émarger.

Mais, horreur! un doute nait dans mon âme! tout ce que je viens de citer là, aurait-il été écrit sans conviction et dans le seul but d'éveiller la bienveillance du lecteur et de détourner au profit d'odieux simoniaques le peu d'émotion dont dispose toute personne en train de lire un volume de vers? Ah! c'est qu'à notre époque on est si souvent trompé, — il y a tant de farceurs; j'appelle farceurs, dans le cas présent, ceux qui désirent finir tantôt d'une façon, tantôt d'une autre et qui varient selon le jour, le temps et ce qu'ils ont déjà dit à ce sujet. Tel Alfred Delvau dont on pourrait relever plusieurs phrases *émues* sur ce même *article* ; trois suffiront : il parle de se suicider, il s'en ira droit devant lui — jusqu'à la mer. Là par un gros temps, il prendra une barque et gagnera le large. Bientôt les vagues furieuses viendront le fouetter au visage et il boira, à la dernière coupe amère, le suprême coup de l'étrier. Le canot s'emplira de minute en minute, et le moment arrivera — moment béni, moment attendu — où il disparaîtra.

Charmant, charmant! tout à fait romantique... C'est dommage que cela ait été déjà dit en prose et en vers.

Une autre fois, il pense à la fosse commune « où on doit être très bien, dit-il, où je demande à être, moi qui ai horreur de la solitude et qui me réjouis d'avance à la pensée que je pourrai, à travers la mince cloison de ma dernière cellule — entendre les causeries, les plaintes, les regrets, les appels, les rires, les larmes, les sanglots, les spasmes de mes compagnons de route pour l'éternité. »

C'est assez faible comme conception, mais voici qu'il festoye

dans le cabaret du père Ravet :
« Derrière vous, écrit-il, le mur sur
lequel vous vous appuyez est le mur
du cimetière. Les acacias du cabaret confondent fraternellement
leur feuillage avec celui des syco-
mores, des cyprès et des saules pleu-
reurs... les parfums et les souvenirs
s'unissent et le calme suprême se
marie au bruit joyeux des refrains
des buveurs. C'est charmant!.. Je
demande à être porté dans ce tranquille petit cimetière qui avoisine le
cabaret et à y être couché dans ce
modeste paletot de sapin blanc qui
sent si bon. »

Et Alfred Delvau n'est pas le seul
plaisantin de cette espèce.

On ne meurt pas comme on veut
Les chasseurs d'âmes
Comment meurent les philosophes
et ceux qui ne le sont pas

ON ne meurt pas comme on veut... Les hommes arrivés à une certaine notoriété moins que les autres. Des vivants sont-là qui, ne s'étant jamais occupés de vous que pour vous accabler d'injures (*grossier matérialiste* est la moindre), se prennent tout à coup d'une grande compassion pour votre âme et, la disant en péril, cherchent à la sauver malgré vous. Non pour elle — la pauvre âme ! ils la savent gangrenée jusqu'aux moelles... (oh ! je sais bien... les moelles de l'âme ! mais que voulez-vous ? ce sujet est assez mal défini pour comporter quelque liberté d'expression... Voltaire ne disait-il pas à Mme Du Deffant,

2.

en lui recommandant de se tenir le ventre libre : « Notre âme immortelle a besoin de la garde-robe pour bien penser. »), le vrai, c'est que l'exploitation de notre âme, peut leur être d'un fructueux rapport, et qu'ils ne sont pas assez sots, comme on dit aujourd'hui, pour rater cette occasion.

Mais laissons cela; je n'ai jamais fait un crime à celui-ci ou à celui-là de croire ou de ne pas croire, j'aime bien trop la liberté pour lui faire violence, même au profit de mes idées les plus absolues et les plus constantes, et le libre penseur qui, profitant des détresses de la dernière heure, pousserait un croyant à renier avant de mourir les idées de toute sa vie, me paraît aussi méprisable que le catholique en quête d'une âme à sauver.

Cependant avant d'écrire ce qui va suivre, je me suis rappelé les belles paroles de mon ami Challemel-Lacour sur la tombe de Michelet : « A Dieu ne plaise que dans ce lieu où sont versées tous les jours tant de larmes, parmi ces pierres sous lesquelles dorment tant d'espérances moissonnées, tant d'affections prématurément ensevelies, en face de ces symboles au pied desquels tant de désespérés ont peut-être trouvé une heure d'adoucissement, à Dieu ne plaise qu'il m'échappe une parole capable de contrister une âme simple et que pût désavouer celui que nous saluons pour la dernière fois. » Et j'ai pris l'engagement vis-à-vis de moi-même de me borner au rôle de simple narrateur...; si, l'indignation m'emportant, un mot dur m'échappe, qu'il retombe sur moi (je ne suis pas parfait) et prouve une fois de plus combien la tolérance, qui n'est au fond que le sacrifice d'une partie de soi-même, est une des vertus les moins faciles à pratiquer.

⋅⊷◉⊶⋅

Une des morts les plus intéressantes à raconter est à coup sûr celle de M. de Lamennais. Aussitôt que le bruit de sa maladie se répandit dans Paris, l'Archevêché, qui le guettait, prit toutes les dispositions nécessaires, afin qu'il ne pût lui échapper. De son côté, Lamennais qui se sentait menacé, n'avait rien négligé pour se mettre à l'abri des obsessions qu'il prévoyait.

Avant de s'aliter, il écrivit ses dernières volontés qui étaient nettes et précises :

Je veux être enterré au milieu des pauvres et comme le sont les pauvres. On ne mettra rien sur ma fosse, pas même une pierre.

Mon corps sera porté directement au cimetière, sans être présenté à aucune église. On n'enverra pas de lettres de faire part.

Je défends expressément que l'on appose les scellés chez moi.

Paris, ce 16 janvier 1854.

LAMENNAIS.

De plus, il avait expressément chargé M. Barbet de la surveillance de sa maison, de ses intérêts, « y compris les visites », c'est-à-dire qu'il lui avait recommandé de ne laisser approcher aucun prêtre.

Ce M. Barbet était un ancien receveur général, grand amateur de tableaux avec qui Lamennais, également passionné de peinture, s'était lié et avait fait une association dont le but était d'acheter en bloc des galeries de tableaux... pour les revendre en détail, — deux amateurs, comme on le voit, qui étaient bien de leur époque. M. de Lamennais venait de le prendre pour son exécuteur testamentaire, et M. Barbet lui avait juré qu'il serait fait selon ses volontés.

Aussi le lendemain, lorsque le Père Ventura et M. N..., envoyés par l'Archevêché, se présentèrent pour voir le malade, M. Barbet s'y opposa formellement. Ces deux personnes apportaient un christ que le pape envoyait à M. de Lamennais, l'invitant à réfléchir sur ce signe. M. Barbet, cédant à leurs instances, voulut bien porter le christ au malade qui dit : « Quelle belle figure que celle du Christ ! Pourquoi faut-il hélas ! que cette figure ne soit qu'un mythe ! » et il le repoussa. Les journaux religieux suppliaient Lamennais de revenir par un acte d'éclat à la confession de la foi catholique : « — Reste démocrate tant que tu voudras, lui criait l'abbé Lenoir dans la *Presse religieuse*, mais redeviens chrétien ! » Puis ce fut dans la rue du Grand-Chantier un va-et-vient de gens à tournure de sacristains qui, après avoir passé la porte cochère ornée d'une sorte de casque phrygien, se signaient en pensant que « les Conventionnels devaient habiter de ces maisons-là » venaient se casser le nez au troisième étage, où M. Barbet, se conformant aux ordres de Lamennais, ne laissait entrer personne revêtu d'un habit ecclésiastique. Comme il avait fait prier l'archevêque de ne plus prendre la peine inutile d'envoyer quelqu'un, celui-ci répondit sèchement : « J'en suis bien fâché, mais il est trop tard : une dame ira demain et elle entrera... »

M. Barbet tint bon ; c'est alors que l'archevêque fit *donner* la famille. Ce fut la nièce de Lamennais, Mme de

Kertanguy, qui se présenta ; elle avait amené avec elle un prêtre, qui se tint dans une chambre voisine, prêt à paraître au premier signal, — M. de Vitrolles avait ainsi réglé la chose. Il y eut entre Mme de Kertanguy et le moribond une scène douloureuse, mais ce dernier résista et la nièce dut battre en retraite. Se sentant de plus en plus faible, et préoccupé des tentatives faites contre lui, Lamennais fit venir MM. G. Montanelli, Armand Lévy et Henri Martin, qui se trouvaient dans la pièce à côté (c'était le dimanche 26 février 1854), et il leur dicta quelques lignes pour être ajoutées à son testament. Vers 3 heures, le docteur Jallat le jugeant très mal, M. Barbet envoya chercher Mme de Kertanguy à l'Abbaye-au-Bois. Tous étaient près de lui : « Il prit la main du plus proche et dit : « Ce sont de bons moments ! » Un d'eux lui ayant dit : « Nous serons toujours unis avec vous », il répondit en faisant un signe de tête : « C'est bien, nous nous retrouv... » C'est alors que David d'Angers entra, qui ne resta qu'un instant ; puis ce fut la nièce qui se précipita en criant : « Féli, veux-tu un prêtre ? Tu veux un prêtre, n'est-ce pas ? » Lamennais répondit « Non » ; elle reprit : « Je t'en supplie ! », il répondit plus fort :

« Non, non; qu'on me laisse en paix! » Elle s'approcha du lit : « N'avez-vous besoin de rien? » Il répondit : « Je n'ai besoin de rien du tout, sinon qu'on me laisse en paix. » Ayant dit : « Madame », la nièce crut qu'il l'appelait : « Non! » dit-il. Sur sa demande si c'est la garde qu'il voulait, il dit : « Oui. » C'est alors que se passa une chose curieuse : ce ne fut pas la garde qui parut, mais Mme de Grandville; elle lui dit : « Je suis Antoinette, me reconnaissez-vous? » Il dit : « Parfaitement, je suis bien aise de vous voir... mais j'ai affaire avec mes amis. » M. Carnot s'était écrié : « Madame, vous venez de faire-là une fâcheuse action. » Comme la nièce et son amie promirent de ne plus faire de tentatives, on les laissa dans la pièce, où elles s'agenouillèrent au bout du canapé et prièrent.

M. de Lamennais dit : « Ce sera pour cette nuit ou pour la prochaine. » A 5 heures moins un quart, il dit : « Il faudrait aller trouver M. E. Forgues, rue de Tournon n° 2, pour lui dire de venir me voir demain matin, ou plutôt ce soir. »

Il avait connu M. Forgues chez M. de Vitrolles, où ils déjeunaient souvent ensemble.

M. E. Forgues arriva vers 5 heures et demie; Lamennais lui parla de la publication de ses œuvres, dont il le chargeait par testament, et il ajouta : « Soyez ferme ; on essaiera de vous circonvenir ; publiez sans *changer* ni *retrancher*. » Forgues répondit : « Vos volontés seront exécutées complètement, sans qu'il y soit changé un point ou une virgule. Je vous le jure » ; après quoi il se tourna près des assistants et leur répéta : « M. de Lamennais m'a dit : *Soyez ferme, on essaiera de vous circonvenir.* Je l'ai juré, je publierai tout ce que je trouverai. » On sait ce qu'il en fût.

Dans la soirée, Mme de Grandville et Mme de Kertanguy dirent à Armand Lévy : « Il est bien triste de le voir mourir comme cela, car enfin, ajouta la nièce, c'est lui qui m'a faite chrétienne » ; et comme Armand Lévy répondait : « La chose première, c'est que la volonté du mourant soit respectée », elle dit : « C'est vrai, et sa volonté est malheureusement trop évidente ! » Et elle se montra touchée de l'empressement qu'avait mis M. Barbet à la faire prévenir. « Si M. de Lamennais, dit Armand Lévy, eût voulu un prêtre, nous eussions été le chercher aussi vite que nous avons couru chez M. Forgues. »

Toute cette journée du dimanche, Lamennais eut sa connaissance parfaite ; chaque personne qui se présentait put entrer ; il vint même une personne qui ne l'avait jamais vu. Etaient là MM. Benoit-Champy, le nonce polonais Carwosky, le général Ulloa... M. Carnot revint le soir, et aussi MM. Henri Martin et Jean Reynaud. Ils partirent tous vers 10 heures, laissant MM. Barbet, Montanelli, Forgues, Mme de Grandville et la nièce qui passèrent la nuit.

Le lendemain matin, M. de Lamennais expira à 9 heures 33 minutes, peu d'instants après le départ de sa nièce et de Montanelli. Henri Martin venait d'arriver.

MM. Giuseppe Montanelli, Armand Lévy, Henri Martin, H. Carnot, H. Jallat rédigèrent un procès-verbal fort curieux qui fut communiqué aux journaux et dans lequel j'ai puisé une partie des détails qui précèdent.

Il était mort le 27 février, il fut enterré le 1er mars. Si les prêtres avaient fait leur possible pour s'emparer de l'âme, le gouvernement — lui — escamota le cadavre : l'enterrement se fit de très bonne heure, 8 heures du matin, et au pas de course. Au cimetière, la police repoussa la foule et ne laissa approcher de la fosse qu'une dizaine de personnes : Henri Martin, Béranger, A. Barbet, le neveu du défunt,

M. Blaise, Ed. Charton, Forgues, etc. A la dernière pelletée de terre, le fossoyeur dit : « — Faut-il mettre une croix ? — Non » répondit M. Barbet, et on partit. Le peuple cria : « Vive Lamennais ! » ce qui fit dire à Béranger, de propos irréfléchi, qu'il ne comprenait pas un pareil cri en face d'un homme mort. On cria aussi : vive Béranger ! il distribua quelques poignées de main, et, sur l'insistance des gens de police, on se dispersa rapidement.

En fait d'enterrement précipité, je ne connais que celui du russe Alexandre Hertzen qui puisse lui être comparé pour la rapidité que l'administration des pompes funèbres avait mise... au service du gouvernement. Il fallut aller au pas de course, et Wirouboff, tout essoufflé, dit les derniers adieux sur la tombe du patriote russe.

Le lundi 5 Shakespeare 69, des gens qui étaient positivistes et d'autres qui ne l'étaient pas recevaient une singulière lettre de faire part, dont voici les premières lignes :

ORDRE ET PROGRÈS

M.

L'Humanité vient de perdre en Auguste Comte, celui dont la glorieuse carrière résume celle de saint Paul et d'Aristote !

Il s'est transformé définitivement le samedi à 6 heures du soir, 24 Gutemberg 69, sans aucune douleur, espérant jusqu'au dernier moment que sa force mentale, tout à fait exceptionnelle, vaincrait sa faiblesse physique, etc.

M. Joseph Lonchampt était le seul de ses exécuteurs testamentaires qui fut présent à ses derniers moments, et ils étaient nombreux cependant, les exécuteurs ! Il y en avait treize, parmi lesquels nous remarquons MM. Constant de Rebecque, le Dr Foley, F. Magnin, le Dr Robinet, etc. C'est donc M. Lonchampt qui a eu « l'insigne mais douloureux honneur de lui fermer les yeux. » La lettre est fort longue, on y apprend que les obsèques provisoires ont eut lieu le 27 Gutemberg 69 (le 8 septembre 1857 pour ceux qui ne sont pas positivistes). Nous ajouterons que le convoi s'est rendu directement de la maison mortuaire au Père-Lachaise, suivi d'un petit nombre de philosophes et d'écrivains : Lecouturier, Proudhon, Fauvety, etc. M. Littré était en voyage.

Revenons à la lettre de faire part. Trois heures après les obsèques, les exécuteurs testamentaires — moins MM. Pierre Laffitte, Audiffrent et Papot qui étaient absents — se sont réunis pour entendre la lecture du

testament; M. Lonchampt a ajouté :
« M. Auguste Comte, par sa position exceptionnelle, laisse des dettes privées et des dettes publiques : les premières concernent ses relations domestiques et les avances qui lui ont été faites successivement ; les secondes ont rapport à sa mission sociale et à la publication de ses ouvrages. Nous portons à votre connaissance l'état des premières : 1° 2,000 francs pour les obsèques; 2° un legs de 2,000 francs; 3° une pension viagère de 1,500 francs à sa fille adoptive, qui de concert avec son mari, lui a prodigué les soins les plus touchants pendant sa dernière maladie. Ce que nous pourrons réaliser des vœux d'Auguste Comte, notre illustre et bien aimé maître, dépendra nécessairement de la part que vous continuerez au subside, etc. »

La lettre de faire part, qui s'adresse plus généralement à chaque coopérateur du *libre subside* institué par Auguste Comte pour le sacerdoce de l'Humanité, se termine par cette invitation :

M.

Auguste Comte a fixé dans son testament, dont M. Laffitte avait reçu copie dès le lundi 22 Bichat 67, au troisième dimanche après son inhumation, la céré-

monie religieuse de sa Commémoration
publique.

Vous êtes invité à vous rendre avec
votre famille, le dimanche 18 Shakespeare 69 à 2 heures, rue Monsieur-le-
Prince 10, pour assister à cette pieuse
solennité.

Paris, le lundi 5 Shakespeare 69.

JOSEPH LONCHAMPT.

Vu : P. LAFFITTE.

Malheureusement, Mme veuve Comte
se rit de l'Ecole positiviste, qui lui
a offert cette pension viagère de
2,000 francs en échange de sa re-
nonciation à tout droit sur les objets
mobiliers de son mari et sur la pro-
priété de ses œuvres. Elle ne reconnaît pas le Positivisme, elle ne
reconnaît pas M. Pierre Laffitte
comme président du Comité positiviste, elle ne reconnaît rien et fait
signifier par huissier qu'elle s'oppose
formellement à la réunion commé-
morative dont nous avons parlé plus
haut.

« Aussi, dit avec une douloureuse
indignation M. Laffitte, cette pieuse
cérémonie a eu lieu dans le domicile
d'un de nos frères, et pendant ce
temps-là, cette dame en vertu de
son droit légal, occupait le domicile
sacré où surgit l'évolution religieuse
du Positivisme. Toute âme honnête
appréciera comme elle le mérite une
telle conduite. »

Avez-vous remarqué que la plupart des philosophes, quelle que soit l'école à laquelle ils appartiennent et malgré l'excellence de leur doctrine, se conduisent souvent dans la vie comme le premier... venu? Avec tout le respect que j'ai pour M. Comte, un homme supérieur, en même temps qu'un esprit chagrin, malade et qui s'était créé une existence peu enviable, s'oubliant à vivre sur le fameux *subside*, comme un Dieu vivant de l'offrande des fidèles, ne doit-on pas être stupéfait de ne lui voir prendre aucune précaution au sujet de ses dernières volontés. Il savait à quoi s'en tenir sur Mme Comte, et il la blesse encore par la façon peu aimable dont il lui laisse cette somme de 2,000 francs que doivent payer ses coreligionnaires. Voici les propres termes du testament : « L'ensemble de mes adhérents continuera l'annuité viagère de 2,000 francs, afin que j'accomplisse jusqu'à son terme naturel l'obligation résultée dès ma jeunesse, de ma seule faute vraiment grave... »

Tout a fini par arriver grâce au *subside,* mais ce n'a pas été sans peine; Mme Comte s'est d'abord opposée à l'exécution du testament qu'elle se promet du reste d'attaquer comme étant l'œuvre d'un fou (ne s'était-il pas jadis jeté dans la Seine?); puis son avoué a dit : « — M. A. Comte a eu trois anges : 1º Mme de Vaux; 2º sa gouvernante ou plutôt sa cuisinière; 3º je n'ose, M. le Président, ajouter que M. Comte a compris sa mère dans une telle compagnie. »

L'avoué est dur, mais il ne sait pas tout, car il ne parle pas de la première femme du philosophe, Caroline Massin, fille inscrite sur les registres de la Préfecture de police et que M. Comte, obéissant à certaines idées de rédemption et de relèvement moral, épousa et garda pendant dix-sept ans, malgré sa dégradation irrémédiable et ses infidélités sans nombre. C'est Caroline Massin qui le rendit fou, mais c'est elle aussi qui l'aida à se guérir de sa folie. Plus tard M. Comte, ayant rencontré par hasard Mme Clotilde de Vaux, séparée de son mari par suite de la condamnation de celui-ci aux travaux forcés, s'éprit de cette infortunée. Leur union fut, dit-on, purement intellectuelle et par conséquent platonique; c'était une sorte de mariage mystique que la mort vint rompre brusquement et auquel M. Comte fit immédiatement succéder une union subjective... la seule faute vraiment grave, disait-il, qu'il eut commise.

Ainsi donc, s'écrie M. Laffitte, voilà les tristes calomnies où le plus grand et le plus pur des hommes était accusé à la fois de libertinage et de folie; « du reste, ces déplorables accusations ont été de nouveau répétées par Mme Comte devant moi et d'autres témoins. »

Je ne dis pas non... mais sapristi, se persuader — et surtout chercher à persuader aux autres qu'on a une bonne méthode philosophique... et épouser sa cusinière !..

Les affres de la mort
Conversions et mensonges évangéliques
Une indigne manœuvre

———

E répéterai au sujet de M. Littré — qui est à M. Auguste Comte ce que la clarté est à l'obscurité, la précision à la confusion — ce que je viens de dire des philosophes en général, mais en prenant la chose à un point de vue plus élevé. Comment M. Littré, le grand penseur, l'éminent philosophe qui, pris d'une ardeur de propagande qu'on n'attendait pas d'un homme de 70 ans, fonde une *Revue de philosophie positive* au service des idées de toute sa vie, n'a pas eu assez de rayonnement, de force d'expansion pour inspirer, je ne dirai pas de l'affection, car sa femme et sa fille l'aimaient beaucoup, mais de l'estime et du

respect pour les idées qu'il répré-
sentait !

Voilà Michelet, encore un pasteur
de peuples qui ne pût même pas
élever son fils dans ses idées ! Il ne
s'agit pas ici du respect de la liberté
de conscience, mais de savoir si un
père a raison ou tort de ne pas chercher à transmettre ses idées à son
fils, tandis qu'il fait les plus grands
sacrifices et les efforts les plus
constants pour arriver à les faire
pénétrer dans les masses. Ne pas
attacher d'importance à ce que les
personnes qui vous touchent de près
pensent comme vous, me semble
bizarre... pour ne pas dire plus, et
j'aime mieux — le cas présent
surtout — ne pas en rechercher les
causes, mais enfin voici le fait.

Le fils de Michelet avait pour
condisciple et ami un sieur Gassmann, secrétaire du *Moniteur uni-
versel*, or ce Gassmann voyant son
ami en danger de mort et connais-
sant ses idées chrétiennes lui amena
un prêtre, ce dont Michelet père,
dit un journal, lui fut toujours
reconnaissant et depuis l'aima
comme son second fils... Bien, mais
ne sortons pas des *idées chrétiennes*
du jeune Michelet. Pourquoi M. Michelet a-t-il laissé élever son fils
dans les idées qu'il a combattues
toute sa vie? A-t-il craint d'éloigner

de lui l'amitié de certain grand parent? quoi... que sais-je?

Mais MM. Michelet et Littré se sont-ils demandé jamais si leur enseignement n'allait pas apporter quelque trouble dans les familles? Non, ils sont allés courageusement en avant par amour de l'Humanité. Je ne les blâme que d'une chose, c'est d'en avoir exclu ceux-là qui devaient leur tenir le plus au cœur.

M. Littré, « le plus libéral des esprits trouve juste que sa femme puisse croire; Madame Littré n'essaye jamais de combattre les doutes de son mari » a dit un académicien, l'un de nos plus joyeux apôtres du tolérantisme quand même, et là dessus notre homme raconte la touchante histoire d'une médaille de sainteté passée doucement par Mme Littré au cou de son mari qui, lors d'une crise, avait perdu connaissance... Des doutes!.. si elle les faisait naître, si elle les entretenait... qu'avait-elle à les combattre. Mais laissons cela; — pourquoi ne l'a-t-elle pas assez respecté pour le protéger contre l'Eglise qui n'ayant pu l'avoir vivant, s'est contentée du mort? Pourquoi a-t-elle permis au prêtre de circonvenir le vieillard malade, affaibli, en proie aux défaillances de la dernière heure?

Du reste, M. Littré était trop bien

préparé pour pouvoir lui échapper, et comme disait le franc-maçon Caubet, qui le premier est arrivé au domicile du défunt : — Je ne crois pas que par suite de la rapidité de la mort un prêtre ait pû être appelé; d'ailleurs Littré était au-dessus de ces détails et il eut accepté tous les prêtres de Paris pour ne pas causer à sa femme qu'il adorait le plus petit chagrin. Le sieur Caubet ne parle pas de défaillance, d'affaiblissement, ni de vieillesse mal défendue... eh bien, moi qui n'ai pas, comme Caubet, l'insigne honneur d'être l'ami de M. Littré, j'y veux croire par respect pour lui... ou alors laissez-moi tranquille avec toutes vos philosophies... puisque vous êtes les premiers à n'y pas croire jusqu'au bout.

Mme Littré et sa fille ont reçu dans la journée de la mort de M. Littré, M. Caubet, je l'ai dit, qui est arrivé le premier rue d'Assas où il est resté deux heures auprès de ces dames; M. Barthélemy Saint-Hilaire n'a appris la mort de son ami qu'en venant prendre de ses nouvelles; quant à Wirouboff, il n'a été prévenu qu'à 6 heures du soir et est arrivé à 7 heures.

M. Littré avait demandé qu'aucun discours ne fut prononcé sur sa tombe; l'abbé Huvelin craignant

évidemment quelques allusions mal-
sonnantes, en avait ainsi décidé.

Ah! il y a loin de ce Littré là, à
M. Littré du 29 juillet 1830, en garde
national et coiffé d'un chapeau rond
escortant, le fusil sur l'épaule, la
civière sur laquelle on rapporte le
jeune Farcy qui vient de tomber
mort frappé d'une balle en combattant à ses côtés.

. . . .

C'était la revanche de Dupanloup.
Il n'avait pas attendu au dernier
moment; depuis longtemps l'affaire
était en bonnes mains et l'astucieux
Huvelin avait été chargé du dénoue-
ment. L'abbé Huvelin rendait de
fréquentes visites à Littré et à mesure que ce dernier baissait, il
l'élevait d'autant dans le Seigneur.
Cet Huvelin, vicaire de l'église Saint-
Augustin à cette époque, était maître
en ces tours de passe-passe ; il
n'avait point son pareil pour esca-
moter une âme et, parmi les dévots,
il n'était bruit que de la sûreté de
son bel œil bleu toujours baissé et
de la blancheur de sa main toujours
levée. Le patient ne sent rien, les
assistants n'y voient que du feu, et,
pendant ce temps l'âme file, file et
disparaît — l'abbé aussi, car il l'a
dans sa gibecière et le diable en
rit.

Son seul rival en cet exercice était l'abbé Henri Perreyve ; à eux deux, ils avaient la spécialité des conversions scandaleuses, — nous les rencontrerons encore.

D'ailleurs, il n'y a pas de prêtre qui ne soit apte à enlever une âme, avec plus ou moins d'habileté, bien entendu ; dans tous les cas, l'opération manquée, il lui reste toujours le mensonge. — Tenez, il y a dans cette chambre un homme qui va mourir, il vient d'être frappé d'une attaque d'apoplexie et depuis n'a pas repris connaissance ; les médecins, appelés en consultation, l'ont abandonné, seuls, un enfant — son fils, et un ami — son médecin, le frictionnent activement. Les portes sont ouvertes, la maison bouleversée est pleine d'allées et venues, tout à coup un prêtre en surplis paraît à l'entrée de la chambre. Qui l'a appelé ? un domestique ? non ; il paraît qu'un des médecins de la consultation le rencontrant, lui a dit : on a plus besoin là de votre ministère que du mien, et comme l'église est proche, il est vite accouru. La femme du moribond se précipite au devant du prêtre : — Oh ! n'entrez pas, je vous en supplie ! oh ! pourvu qu'il ne revienne pas à lui en ce moment, dit la pauvre âme qui redoute une émotion trop vive, je vous prie, Monsieur, sortez... ; on ne vous a pas dit de venir...

C'est un grand jeune homme à l'œil voilé et à la lèvre épaisse ; il l'écarte du geste, doucement, mais avec fermeté, entre en murmurant : — je remplis un devoir sacré, et s'approchant du lit, il dit au médecin et à l'enfant : — Eloignez-vous, je vous prie. Le médecin répond : — Nous ne bougerons pas d'ici, et, s'adressant à l'enfant : — Continue de frictionner, ne t'arrête pas ; puis se penchant, il ajoute à mi-voix : — fais attention, si ton père ouvre les yeux, nous sautons sur le curé et nous le f... à la porte.

Le prêtre entendit ou n'entendit pas, mais n'insista plus sur son désir d'être seul avec le malade et n'en continua pas moins son saint ministère, posa différentes questions à l'homme évanoui, murmura du latin, fit quelques passes... et se retira.

Le malade ne reprit pas connaissance et mourut vingt minutes après ; il fut acquis qu'il avait reçu un prêtre à son lit de mort et qu'il s'était repenti, — car c'était un libre penseur.

N'est-ce pas un honteux mensonge ?

Et ne dites pas que c'est exagéré, que le prêtre ne s'impose pas, qu'il ne joue pas la comédie..., car le moribond, c'était mon père, et c'est ainsi qu'il mourût — muni des derniers sacrements.

Je n'ai pas raconté cela pour qu'on crût à un mensonge de la part de l'abbé Huvelin; Littré était trop bien préparé, je l'ai dit plus haut, et le digne abbé pouvait le laisser aller...
Passons à d'autres philosophes.

En 1863, la religion *fusionienne* perdit son fondateur, M. de Tourreil, homme de bien, et, pour conserver entre lui et la famille fusionienne, la *fusion* de la société visible avec la société invisible, huit cents personnes environ, toutes ayant un bouquet d'immortelles sur la poitrine, se trouvaient réunies au cimetière Montparnasse. La rédaction de l'ancienne *Revue philosophique et religieuse* était là, et on apercevait MM. Pierre Leroux, Louis Jourdan, Tajan Rogé, Charles Sauvestre et Patrice Larroque, un des grands-prêtres de la religion fusionienne. On se rappelle sa lettre au journal le *Temps* au sujet de l'enterrement civil de son frère, curé d'Ecardenville — curé libre-penseur, croyant, comme le *Vicaire savoyard* de Rousseau, en un Dieu parfaitement bon et juste et à la vie future, mais point

aux dogmes de la théologie chrétienne...

N'oublions pas que nous enterrons
M. de Tourreil. Au cimetière, on s'est
rangé autour de la fosse, les enfants
ont été placés en avant, leur bouquet
à la main ; puis un des frères a lu les
invocations et les prières dans le rite
fusionien. L'assistance répondait de
temps en temps : « Que ta résurrection soit heureuse, ô père ! »

A la dernière strophe, chacun jeta
dans la fosse la fleur qu'il portait, et
l'on s'est séparé sans bruit.

A l'enterrement du Père Enfantin,
autre religion, autre cérémonie,
autre cimetière. Ce sont les disciples
qui ont eux-mêmes porté le cercueil
au Père-Lachaise, et M. Adolphe
Guéroult a dit sur la tombe du Père :
« Est-il vrai que nous soyons sé-
parés ? Votre âme, votre esprit ne
sont-ils pas toujours au milieu de
nous ! affermissez en nous cette religieuse confiance en Dieu qui faisait
votre force ; continuez de vivre en
nous ; rendez-nous dignes de conti-
nuer votre œuvre, et alors qui sait
si cette mort cruelle qui vous enlève
à notre tendresse ne sera pas pour
vous l'aurore de la résurrection ? »

M. Arlès-Dufour a ajouté : « Tous

ses amis sentent comme moi que l'absence apparente du maître impose aux disciples, aux amis qui restent, des devoirs nouveaux, une activité nouvelle... »

Et tout le monde est retourné à ses petites affaires, pendant que le buste du Père — cheveux flottants et barbe longue, le collier symbolique autour du cou, gardait la place en attendant la résurrection.

L'original de ce collier bizarre appartenait à M. Maxime Du Camp qui me le fit voir un jour, au milieu de curieux souvenirs de la même époque.

L'année suivante mourait un haut dignitaire d'une troisième religion, l'*Église réformée* devenue l'*Église catholique française...* : « La loi naturelle, toute la loi naturelle, rien que la loi naturelle », telle était la doctrine du nouveau culte fondé en 1830 par un ancien aumônier de régiment, l'abbé Châtel, et lancé par le *Ruban tricolore*, « journal omnibus », rue de la Lune, n° 3.

Il n'y a rien comme les religions pour avoir la vie dure ! Cette Église, inaugurée devant une brillante assemblée au milieu de laquelle on remarquait Mme Benjamin Constant, Mme la

baronne Roger, un certain nombre
d'ecclésiastiques et des élèves de
l'Ecole Polytechnique..., après avoir
passé par bien des vicissitudes, avoir
connu la désertion : l'abbé Blachère;
le schisme : l'abbé Auzou ; la saisie
par huissier, le sacrifice divin au
cinquième étage, enfin tous les dé-
boires d'une Église sans casuel et
complètement séparée de l'Etat, exis-
tait encore en 1865 ! Cette même
année, le 10 décembre, dans un appartement de la rue Meslay, quelques
fidèles de l'Eglise catholique, pen-
chés sur un cercueil, priaient en
français pour le repos de l'âme du
Primat coadjuteur des Gaules, qui
avait succédé au fondateur de ladite
Eglise, l'évêque Primat coadjuteur
des Gaules, Ferdinand-François Châtel, dit l'abbé Châtel.

Celui qui venait de mourir était
un des fidèles de la première heure,
il s'appelait Auguste-Nicolas Laverdet
et avait passé par tous les degrés de
la hiérarchie de la nouvelle Église ;
il avait été diacre, vicaire primatial,
abbé, poursuivi en 1837 pour port
illégal de costume ecclésiastique,
coadjuteur, vice-patriarche et enfin
Primat des Gaules. J'ai connu ce
Laverdet ; — en dehors de son église,
il était expert en autographes, fort
brave homme, très complaisant. J'ai
passé bien des heures chez lui — et

un peu aussi chez Gabriel Charavay, qui était un vieux républicain — à remuer fiévreusement ces lettres des grands écrivains du XVIIIe siècle, à tenir dans mes mains frémissantes ces pages écrites par Diderot, d'Alembert, Voltaire, Rousseau... et surtout celles des grands révolutionnaires Danton, Desmoulins, Robespierre... Oh! ce dernier autographe, ce papier jauni, taché de sang, alors que, la mâchoire brisée par le coup de pistolet du gendarme Merda (depuis colonel Méda), il râlait sur une table.

Dans cette griserie du passé, j'ai peut-être laissé, comme dans toutes les ivresses, quelque peu de ma raison...; de cela je n'ai nul regret, car il m'en est resté un enthousiasme et un amour constant pour la Liberté que rien n'a pu affaiblir pendant quarante ans et qui est le foyer auquel je réchauffe ma vieillesse.

J'ai toujours su un gré infini à ce brave Laverdet, bien qu'il ne l'ait pas fait sciemment, il est vrai, mais par amour de l'art, d'avoir contribué à l'entretenir; — c'est pourquoi j'ai voulu le constater ici... sur sa tombe.

Laverdet avait publié une édition de l'ennuyeuse *Correspondance entre Boileau et Brossette* avec introduction de J. Janin, et, sans parler de son commerce de lettres autographes, méritait bien le titre d'homme de lettres — autant au moins que celui de Primat des Gaules dont il ne me parla jamais et que j'appris au lendemain de sa mort.

Pieux escamoteurs
La mort du loup
Et fin d'un libre-penseur

—

UANT à Ampère, s'est-il con-
verti, a-t-il fait acte de foi
aux dogmes de la religion
catholique? est-il mort en état de
grâce ?

Parlant d'Ampère et répondant
pour ainsi dire à ces questions que
chacun s'était posées lors de la mort
de l'auteur des *Promenades en Amé-
rique*, M. Guizot n'a pas craint de
dire : « La maladie et ses langueurs
l'ont atteint lui-même ; un jeune
prêtre de l'esprit le plus élevé et du
cœur le plus doux, devenu son ami
et l'ami de son meilleur ami, l'abbé
Henri Perreyve, lui a apporté les
consolations efficaces, la sympathie
humaine et l'espérance chrétienne.
M. Ampère mourant les a accueillies

avec une modestie confiante et s'est éteint dans la paix de leur empire. »

Grâce à cette rédaction quelque peu louche, on pouvait croire que M. Ampère était mort muni de tous les sacrements possibles. Il n'en était rien ; le lundi 21 mars 1864, à minuit, Ampère — depuis longtemps souffrant — écrivait son testament ; le lendemain, en entrant dans sa chambre, on le trouva mort des suites d'une rupture d'anévrisme ; son crayon lui était échappé de la main et tombé au milieu de ses papiers.

M. Guizot fut vivement interpellé sur sa manière d'écrire l'histoire, on prononça même le mot mensonge...

C'était bien pis.

Voici M. Nisard ; ce ne pouvait être un pécheur bien endurci, et sa conversion n'a pas dû exiger l'emploi de talents exceptionnels ; cependant, là encore, nous retrouvons l'abbé Huvelin qui fut accueilli dans la maison comme ami, comme ancien élève de l'Ecole Normale, et la chose marcha si bien que Nisard lui fit promettre de se trouver à ses derniers moments. C'était une recommandation bien inutile à faire à un homme comme l'abbé Huvelin, et il n'était nul besoin de se mettre en souci pour l'appeler ; à l'affût de toutes les agonies « célèbres », c'est un chasseur (et je ne crains pas de m'exprimer ainsi) qui n'est jamais en défaut ; dès qu'il sut le danger, il partit, traversa la France et vint à San Remo « l'assister, l'affermir, le consoler et lui montrer la voie de la vie éternelle. »

De cette affaire, je n'ai retenu que cette phrase du testament de M. Désiré Nisard, phrase qui témoignait déjà d'une grande sagesse : « Je désire qu'aucune députation des Corps ou des Compagnies auxquelles j'ai eu l'honneur d'appartenir, qu'aucune escorte militaire ne soient appelées à accompagner mon convoi funèbre. C'est sans doute un usage fort respectable ; mais ma longue expérience m'ayant appris que les personnes convoquées pour ces sortes de cérémonies en reçoivent plus d'incommodités que le mort n'en reçoit d'honneur durable, je ne veux derrière mon cercueil que les parents et les amis qui voudront bien me suivre à ma dernière demeure pour m'y dire, non des lèvres, mais du cœur, le suprême adieu. »

M. Alfred de Vigny, demandant qu'un silence respectueux se fît autour de sa tombe, pensait de même, mais — éternel poseur — formulait d'une façon moins simple. Comme Nisard, la grâce l'avait touché. Cette fois ce n'est plus l'abbé Huvelin, mais l'abbé Vidal qui disait à un cousin de M. de Vigny : « Je viens de m'entretenir avec le pauvre mourant, la chose est faite, » (comme il aurait dit : L'affaire est dans le sac !); et le cousin, initié au langage des sacristies, ajoute — pour les gens comme moi, je pense, qui pourraient n'avoir pas compris : « Il voulait parler de la confession. »

Alfred de Vigny, dit un autre abbé, le sieur Falsimagne, biographe de l'abbé Vidal, doit à l'amitié de ce dernier après Dieu, l'avantage d'une mort chrétienne.

Ce n'est pas la *Mort du loup !...*

Gémir, pleurer, prier, est également lâche.
Fais énergiquement ta longue et lourde tâche
Dans la vie où le sort a voulu t'appeler,
Puis après, comme moi, souffre et meurs sans
[parler.

Non, ce n'est pas la mort du loup !...
« — Mais j'aime mieux cette fin (*La chose est faite*, de l'abbé Vidal), a dit un autre poëte, Auguste Barbier, elle est plus naturelle et plus humaine. » Oui, Barbier, l'auteur des *Iambes,*

qui terminait jadis la poésie intitulée *Desperatio* par ces quatre vers :

Souviens-toi, moribond, que là-haut tout est vide :
Va dans le champ voisin, prends une pierre aride,
Pose la sous ta tête, et, saus penser à rien,
Tourne-toi sur le flanc et crève comme un chien.

Pourquoi les catholiques se sont-ils tant inquiétés de l'âme de M. Pierre Lanfrey, écrivain de grande valeur, d'intelligence élevée, mais de cœur sec et d'ambition impatiente. Quelqu'un qui l'a connu à ses débuts a dit de lui qu'il ne ménageait les compliments à personne, mais qu'il méprisait les hommes — ne s'en cachant guère... Eh bien, je ne suis pas certain que ces grands contempteurs valent beaucoup mieux que ceux qu'ils affectent de traiter ainsi. Dans tous les cas, il ne faut pas conclure de soi aux autres, c'est d'une mauvaise méthode philosophique. Elevé par les Jésuites, mais chassé par eux pour cause de trop de philosophie — lui qui avait écrit : « Pauvre philosophie, impuissante à démontrer Dieu et à démontrer l'âme » et qui avait dit : « Les libres-penseurs sont les jésuites de l'athéisme » comment son âme eût-elle pu échapper aux catholiques ? Il devait finir dans les bras d'un confesseur, de même que s'il eut vécu plus longtemps, il serait mort politiquement en odeur de Vacherot.

Quand le moment fut venu, un ami pensa à l'évêque Dupanloup qui avait apprécié chez Lanfrey certaines qualités...; malheureusement l'évêque n'était pas à Paris; le baron d'Yvoire se chargea de l'affaire et lui écrivit aussitôt; mais Dupanloup ne pouvant venir, répondit qu'il allait immédiatement envoyer M. Huvelin et qu'on pouvait être tranquille.

En effet, il n'y a pas d'exemple que l'abbé Huvelin ait jamais raté une âme.

Pour Balzac, les catholiques se sont contentés de peu et ont mis la main sur son âme sans grande querelle; Mme de Balzac avait fait venir auprès du moribond le curé de Saint-Philippe du Roule, et celui-ci en homme avisé, lui avait de suite administré l'extrême-onction. Qu'est-ce que Balzac pensa de cela, nul ne le sut... « Par un regard déjà voilé, le grand écrivain avait fait voir qu'il comprenait et remerciait le ministre de Dieu de lui apporter le viatique de l'éternité. » Si son regard était voilé, celui du curé de Saint-Philippe du Roule ne l'était pas. Quel œil !

Sur la tombe de Balzac, Victor Hugo fit une profession de foi spiritualiste, et si vous voulez savoir en quoi cela consiste, je puis vous satisfaire en bien peu de lignes. Il a dit : « De pareils cercueils démontrent l'immortalité... et on se dit qu'il est impossible que ceux qui ont été des génies pendant leur vie ne soient pas des âmes après leur mort. »

Bien, mais les imbéciles !

C'est comme pour Augustin Thierry, l'éminent historien ; savez-vous au juste dans quels sentiments philosophiques ou religieux il est mort? Non, vous n'en savez rien; les catholiques, eux, sont sûrs de la chose, ils affirment et c'est là une des forces de leur religion : l'affirmation quand même. Les philosophes sont plus indécis — le point exact restera toujours obscur — mais dans le cas présent, en se basant sur certains indices, ils sont obligés de convenir qu'Augustin Thierry penchait depuis longtemps et que les catholiques pourraient bien avoir raison. Oui, Augustin Thierry, qui jadis s'appelait lui-même l'*ancien fils adoptif de Saint-Simon*, inclinait visiblement du côté des idées catholiques.

Dans les dernières années de sa vie, il avait fait même quelques corrections à son *Histoire de la Conquête* pour la mettre d'accord avec certaines opinions d'écrivains religieux qui autrefois l'avaient vivement attaquée, et quand le cadavre de l'historien se trouva au milieu de l'église Saint-Sulpice, le curé du lieu, un sieur Hamon — qui devait avoir vécu au temps de la Ligue — a dit triomphalement à ceux qui étaient là : — Vous êtes des sceptiques, mais prenez garde au doute, il vous écrase !

C'était chez ce prêtre une douce habitude, il appelait cela profiter de l'occasion, *occasionem capere*, disait Plaute ; à l'enterrement d'Orfila, il avait parlé très sévèrement aux personnes qui avaient eu la faiblesse d'entrer dans l'église (et c'était bien fait pour elles), mais à l'enterrement de Mme Lacressonnière, de la Gaîté, il avait dépassé les bornes, si bien que les comédiens furieux voulaient protester hautement contre ses objurgations intempestives — et l'on sait cependant combien ces Messieurs sont friands des choses de la religion ; c'est une autre mise en scène, cela les change de théâtre.

Ce qu'il y a de curieux dans cette affaire, c'est qu'il y avait dans le cercueil, à côté de la bonne dame, un exemplaire du drame *les Fugitifs*, sa dernière création, qu'elle désirait emporter avec elle dans l'autre monde.

Ah ! si le curé avait su cela !

Mais comme dit ce gros fantoche de Janin à propos de ce qui s'était passé à l'enterrement d'Augustin Thierry et au sujet du curé de Saint-Sulpice : « C'est son usage, il faut l'écouter avec respect et que chacun se fasse sa part de ces paroles tombées de si haut. »

Voilà ce que Janin écrivait après la mort d'Augustin Thierry et voici ce qu'on pouvait lire vingt-trois ans après dans la *République Française* sous la signature Gabriel Guillemot : « ... Augustin Thierry eut un homme d'église qui chercha à lui arracher une conversion *in extremis;* qui prétendit même y avoir réussi et il ne fallut pas moins que l'éloquente et véhémente protestation de Jules Janin, en pleine église Saint-Sulpice, pour réduire à néant les allégations mensongères de ce sacristain trop zélé. »

C'est ainsi que les gens d'aujourd'hui écrivent l'histoire des gens d'hier. Janin, protester en pleine église ! comme c'est peu connaître les personnages qu'on met en scène, et si le sacristain a péché par trop de zèle et par inexactitude, le libre-penseur peut lui donner la main.

Si les spiritualistes ennuyent trop souvent les gens raisonnables des idées qu'ils se font de choses dont ils ignorent le premier mot, les libres-penseurs, quand ils se mettent à évangéliser, ne sont pas non plus des particuliers bien récréatifs ; ils me rappellent un quidam, le baron de Ponnat, que j'ai un peu connu jadis. Il était terrible ; vous n'étiez pas le maître de penser librement, il vous fallait penser comme lui, et quels éclats ! Et combien il aimait à entretenir le monde de sa libre-pensée !

Je me souviens de cette singulière lettre de faire part qui courut la presse, il y a un peu plus de trente ans :

M.

M. le baron de Ponnat a la douleur de vous annoncer la perte cruelle qu'il vient de faire en la personne de sa fille cadette, Mlle de Ponnat, que la superstition a enfermée toute vive au noviciat de Conflans (Seine) pour la plus grande gloire de Dieu et des Dames du Sacré-Cœur.

Ecr∴ l'inf∴

DE PONNAT.

Tout cela pour finir je ne sais trop comment.

Il était malade à l'Hôtel-Dieu de Chambéry où son fils, M. Antoine de

Ponnat, vint le voir après en avoir reçu la permission; le vieillard lui tendit la main, l'embrassa et le regarda prier à genoux auprès de son lit; une parente est aussi venue le voir. Lorsqu'on lui demanda s'il voulait recevoir la visite de M. l'aumônier de l'Hôtel-Dieu, il y consentit. « En pleine possession de son intelligence, dit le *Courrier des Alpes*, il se munit des derniers sacrements de la religion. Il tint pendant deux heures entre ses mains un crucifix qu'il baisait à plusieurs reprises. » Lorsque l'aumônier l'exhorta au repentir et à la confiance en Dieu, de Ponnat leva un peu la tête et l'inclina lentement en signe d'adhésion; six personnes qui étaient là pourraient en témoigner. Un quart d'heure après, l'agonie commençait et à onze heures un quart le baron de Ponnat rendait le dernier soupir doucement, chrétiennement entre les bras de son fils chéri.

Très bien; seulement je remarque que dans tout cela, le baron ne prononce pas une parole, il tend la main, tient pendant deux heures un crucifix (ce qui est peut-être exagéré); en fait de repentir et de confiance, il n'a qu'un pauvre signe de tête qui peut tout aussi bien signifier : — Mon Dieu, que ces gens-là sont fatigants ! En somme, c'est peu pour un citoyen qui avait tant crié et si haut contre la Sainte-Trinité ! Quant aux témoignages des six personnes présentes et à l'opinion du *Courrier des Alpes* qui semble se porter garant de cette conversion inattendue, je les tiens pour ce qu'ils valent.

Les frères de la Libre-Pensée de Chambéry qui avaient probablement fait les mêmes observations et qui certainement étaient en possession d'autres renseignements plus concluants, essayèrent de faire intervenir le commissaire de police ; ils introduisirent un référé devant le tribunal..., mais c'est comme s'ils avaient chanté un cantique quelconque, le baron de Ponnat fut enterré avec toutes les cérémonies de l'Eglise catholique, apostolique et romaine.

Morts édifiantes
Les esprits malades
L'âme de la Terre

———

JE crois avoir fait preuve jusqu'ici d'un certain esprit de justice, tout en n'ayant pas caché ma manière de voir, et si j'ai montré des gens de lettres s'en allant de façon à vraiment scandaliser les catholiques, en toute équité, je dois en présenter d'autres qui se sont endormis dans le Seigneur et sont partis dûment enduits et frottés des saintes graisses de l'Eglise.

Ainsi Régnier Destourbet, écrivain catholique, l'auteur de *Louisa ou les douleurs d'une fille de joie*, livre qu'il dédia à Jules Janin et qui est venu à nous comme curiosité romantique. Une fois ce livre publié, dit Janin, il se retira, pauvre âme inquiète, au séminaire de Saint-Sulpice où lui, Janin, vit un jour de Pâques (je me

demande ce que faisait là Janin ?)
*l'abbé Régnier Destourbet qui servait
d'acolyte* au prêtre officiant ; puis il
jeta le froc aux orties et rentra dans
le monde qui ne le connaissait plus.
« Il mourut tout de suite sans que
l'on ait su comment il est mort. » —
Quel historien que ce Janin !

Tout cela ne s'est pas passé aussi
rapidement... ; Régnier Destourbet,
qui était un fécond et qui avait publié plusieurs ouvrages avant *Louisa,*
ne s'en tint pas là et donna deux
drames dont l'un (*Charlotte Corday*)
fut un succès ; puis il écrivit ensuite
un certain nombre de romans, — ce
qui ne l'empêcha pas de mourir très
chrétiennement à vingt-huit ans d'une
longue et cruelle maladie.

Je pourrais encore citer M. Roux-
Lavergne, ancien membre de l'Assemblée Constituante , qui avait
travaillé avec Buchez à *l'Histoire
parlementaire de la Révolution Française ;* entré dans les Ordres, il est
mort professeur de philosophie dans
je ne sais plus quelle maison religieuse. Il en est de même de M. Félix
Martin, auteur d'une *Histoire de la
guerre de Hongrie en 1848 et 1849* et
de quelques brochures politiques,

qui prie le journal l'*Univers* d'annoncer qu'il entre au couvent de Flavigny pour y faire son noviciat de frère prêcheur et qu'il désavoue tout ce qui, dans ses écrits, peut être contraire à l'orthodoxie de la foi catholique.

Voilà au moins qui est édifiant.

Cependant je préfère à ces conversions, dont je ne mets pas en doute la sincérité, ce cri touchant du vieux saint-simonien Louis Jourdan qui, pleurant son fils Prosper enlevé prématurément à sa tendresse, s'écrie dans un sanglot : « Plus que jamais, je crois à l'immortalité, à la persistance de l'individualité humaine, à travers le temps et l'espace ; je crois au libre arbitre, aux développements successifs de la vie, aux paradis et aux enfers que nous nous créons, suivant le bon ou le mauvais usage que nous faisons de notre liberté. »

Il y a là une note humaine contre laquelle viennent échouer tous les systèmes philosophiques.

J'ai entendu dire — mais on dit tant de choses — que M. de Falloux était mort dans l'horrible situation d'un homme frappé momentanément de l'excommunication mineure — le tout, je crois, à propos d'une histoire ridicule de détournement des biens de l'Eglise ; M. de Falloux !... J'avoue n'être pas un grand clerc en ces matières et je fus d'abord effrayé de l'état d'âme dans lequel devait se trouver un catholique aussi fervent ; réflexion faite, je compris que le mot *momentanément* indiquait qu'il n'y avait pas une bien grande passion dans l'affaire ; quant à l'excommunication, du moment qu'elle était *mineure*, j'en conclus aussi qu'elle ne ressemblait en rien à celle dont fut frappé jadis Philippe-Auguste à qui on ne donnait plus à manger qu'au bout d'une perche, — et je me rassurai.

Enfin, excommunié ou non, M. de Falloux a dit en mourant : « Je regarde en arrière jusque vers ma première année et je découvre que ce que la vie de près d'un siècle m'a encore donné de meilleur, c'est d'avoir appris à aimer et à pardonner... » Mais nous autres, grossiers matérialistes, nous savons aussi — de bonne heure, par exemple, quand il est encore temps, qu'il n'y a que cela de vrai dans la vie : devenir bon... en y ajoutant cependant un mot : et juste. Je ne sais si M. de Falloux l'a toujours été, mais il l'était à coup sûr le jour où, obligé, comme ministre de l'Instruction publique, de prononcer l'éloge d'un professeur célèbre qui était mort victime de son dévouement dans une épidémie, mais mort... — comment dit-on cela? en se passant des consolations de la religion, M. de Falloux a terminé son discours par ces mots : « Nous lui disons au revoir, car il fut un de ceux qui sans avoir le bonheur de croire, font le bien comme s'ils croyaient, l'âme dans les ténèbres,le cœur dans la lumière et à qui Dieu aura compté le dévouement à la place de la foi. »

Allons, cela n'est pas mal pour un catholique, j'en connais plus de dix qui n'auraient pas eu ce courage.

Maintenant pourrait-on supposer un seul instant que M. le comte d'Haussonville aurait pu mourir comme ce professeur — je ne dis pas en se dévouant, entendons-nous — mais sans songer aux saintes huiles, si son fils le vicomte Othenin ne lui eut demandé s'il ne désirait pas voir un prêtre. A quoi M. d'Haussonville avait répondu tout tranquillement :

— Si fait, cela me fera du bien...; exactement comme s'il se fut agi d'un produit pharmaceutique quelconque.

C'est alors que M. d'Hulst vint le voir et ne le quitta plus jusqu'à la fin.

De Villemessant, comme on devait s'y attendre, car il n'a jamais caché sa manière de voir à ce sujet, est mort en bon catholique; il disait à M. Theuret, évêque de Monaco, qui venait le voir (et c'était bien l'évêque de Monaco qu'il fallait à ce vieux joueur) : « — Je n'ai pas d'illusion sur votre visite, elle me portera bonheur, mais ne prenez pas tant de précaution. Moi, voyez-vous, je suis de mon village, j'ai toujours aimé les prêtres et vous ferez de moi ce que vous voudrez. »

Etc., etc., et une foule d'autres que je ne citerai pas pour ne point tomber dans les litanies du jour des Morts mais qui prouvent que l'Eglise aurait le droit d'être fière s'il n'était pas écrit qu'il y a dans le ciel plus de joie pour un monsieur inattendu que pour l'ami de la maison... ce qui, du reste, est tout naturel. Mais j'allais passer sous silence un catholique singulier que je me serais toujours reproché d'avoir oublié... Vous souvenez-vous de Victor Hennequin ?... Il eut cependant son heure — un jour !

On s'amusait parfois dans les bureaux de la *Démocratie pacifique* à voter Dieu par oui ou par non..., les uns disaient *ni oui, ni non* ou *ça m'est égal* formulé d'une façon plus vive, d'autres *non*, mais Hennequin votait toujours *oui*; et c'est ce vote qui peu à peu le conduisit à écrire sa fameuse lettre à l'Empereur pour qu'il l'autorisât à publier son livre *Sauvons le genre humain*. Il donnait dans les tables tournantes, mais se passa vite de leur assistance; sa main seule, posée sur le papier se meut d'elle-même et répond avec la plume aux questions qu'il pose. Il entend une voix, *l'âme de la Terre*, c'est elle qui lui a dicté son livre : *Sauvons le genre humain*, dans lequel Dieu a bouleversé toutes ses idées politiques, c'est elle qui l'a obligé malgré les vives répugnances de sa nature, d'attaquer les principes les plus chers de la démocratie, de soutenir la cause du pouvoir et d'annoncer à Napoléon III que Dieu, qui était républicain au moment de la Révolution de 1848, compte sur lui..... « J'ai fait, dit Victor Hennequin, pour des vérités dont je ne suis que l'intermédiaire, une démarche contraire à tous mes antécédents, mais dont je me console par le double motif qu'elle n'a été ni intéressée ni volontaire. » Ce qui n'est pas rigoureusement exact.

Victor Hennequin avait prédit sa mort subite dans seize ans à tel jour

qu'il indiqua ; il se trompait de quinze
ans, car il n'avait plus qu'un an à
vivre, lorsqu'il disait toutes ces sot-
tises... Il faut du reste s'attendre à
ces petites erreurs là lorsqu'on fait
le métier de prophète. Vous devinez
dans quel état d'esprit est mort ce
néo-catholique, et je crois que, grâce
à lui, je puis passer sans transition
à un groupe qui sollicite mon attention depuis que je parle de Victor
Hennequin.

Il ne faudrait pas croire que les
gens de lettres en raison du désordre
intellectuel et du surmenage céré-
bral au milieu desquels ils vivent,
soient plus sujets à la folie que les
hommes appartenant à d'autres classes de la société ; ma foi, non ! mais
une chose étonne, c'est qu'ils ont la
folie aussi bête que celle de n'im-
porte qui, la folie des grandeurs, la
folie des richesses. Ils ne parlent
que de grosses affaires, entreprises
colossales , spéculations extrava-
gantes qui toutes doivent mener aux
millions rêvés, c'est-à-dire au bonheur de vivre, l'argent apprenant à
en bien jouir. L'expression la plus
fréquente et la plus immédiate de
cette folie est d'acheter des quantités
ridicules d'un objet inutile ; celui-ci

entre chez un armurier et y fait emplette de deux mille révolvers, cet autre commande à un restaurateur un dîner de cinq cents couverts et il est tout seul, celui-ci se croit premier ministre et celui-là pense être Rothschild, mais il n'y a pas d'exemple d'un homme de lettres ayant pour folie, la folie de la pure gloire littéraire, d'un poète se croyant Victor Hugo ou Lamartine.

Cela tient évidemment à ce que chacun de ces Messieurs à l'état sain, c'est-à-dire tant qu'il n'a pas trop fait montre de la frénésie intérieure qui le travaille, est convaincu *in petto* qu'il est l'égal du plus illustre ; seulement il convient volontiers que la chance ne lui a jamais souri.

Ce n'est pas un chapitre mais un volume, que dis-je ? plusieurs volumes qu'il faudrait consacrer aux gens de lettres morts fous.

Les noms se pressent sous ma plume, sans compter les malheureux dont j'ai pu parler dans mon livre *les Derniers bohémes* et ceux que j'ai oubliés comme ce pauvre vieux journaliste Jules Martinet qui faisait partie de la rédaction du *Siècle* depuis la fondation et avait suivi M, Chambolle au journal *l'Ordre.* Plus tard, il administra le *Mousquetaire...* et devint fou. Il y avait peut-être de quoi. La Société des Gens de lettres le fit mettre à Charenton le même jour où sa mère entrait à Sainte-Périne !..

O vous qui mourrez dans la maison paternelle où déjà sont morts vos parents, dans cette chambre où leurs portraits vous suivent d'un regard bienveillant comme pour vous soutenir en cette détresse extrême, où tout, meubles et souvenirs témoins de votre enfance a vieilli avec vous, où de votre lit vous pouvez voir le jardin où vous avez joué quand vous étiez petit, vous qui vous éteindrez au milieu des vôtres, qui verrez vos enfants réunis autour de vous pour retenir votre dernière parole, qui savez que c'est la main de votre femme qui vous fermera les yeux, avez-vous pensé quelquefois que tout le monde ne mourait pas ainsi ?..

Qui se souvient encore du traducteur André de Goy, toujours tiré à quatre épingles, fastueux même..., il avait fait plusieurs héritages, ce qui n'est jamais désagréable, bien qu'à chacun ce soit une tête plus ou moins chère qui disparaisse, et aimait à causer millions entre deux romans anglais qu'il remaniait et traduisait. On l'appelait le Chevalier, et il devint joueur... comme tous les chevaliers, et, lorsqu'il fut ruiné comme beaucoup de chevaliers, il obtint un petit emploi dans une administration quelconque.

Cela n'était pas gai, il eut des hallucinations, « vit ce qu'aucun œil ne contemple, entendit ce qu'aucune oreille ne perçoit, fut convaincu de la réalité de sensations qui ne trouvent que des incrédules... », toutes choses qui ne manquent pourtant pas d'un certain charme, et mourut comme meurent les hallucinés.

Douze ans auparavant, Nadar, qui publiait dans le *Journal pour rire* une *Lanterne magique* des auteurs journalistes, etc., écrivait sous le portrait de M. de Goy : « Est connu sous le nom de *l'abbé Faria* pour sa manie de causer millions. Sa folie est encore assez douce, mais ça peut se gâter — abbé Faria, tu devrais voir quelqu'un. »

Je ne connais pas de prophétie aussi réussie que celle-là.

N'oublions pas André Gill, lui qui était écrivain, peintre, poète, caricaturiste... quoi encore? et qui disait :

> Les hommes de ma race ont la puissante
> Et le muscle vainqueur..... [épaule
> Et l'orgueil de jouer sur terre un vaillant rôle
> Et c'est pourquoi l'Amour ouvre souvent
> [leur tombe.

Ta, ta ta ! *Les hommes de sa race* ont *la puissante épaule* et peut-être *le muscle vainqueur*, c'est possible, mais quand on a *l'orgueil de jouer sur terre un vaillant rôle*, ce sont les reins qu'ils faut avoir solides, et trouver dans la vie autre chose qu'un voyage perpétuel au pays de Cocagne ; — les hommes de sa race qui ne vivent que d'excès, ne meurent pas d'amour, mais de folie — comme lui — à Charenton. C'est mathématique.

J'ai passé une longue journée avec ce garçon-là, — la seule fois que je l'aie vu ; il n'avait pas encore été touché par la folie — et je dis une longue journée, parce qu'elle me parut telle. Il parla tout le temps, il débita sa prose, il lut ses vers, détailla l'opérette qu'il faisait avec Chose et le drame qu'il avait en tête et qu'il ferait avec Machin, s'étendit longuement sur son passé et davantage encore sur son avenir, eut de l'esprit quelquefois, toujours un peu gros, mais fut amusant, fit rire..., il contait ses anecdotes à la façon de Villemessant, et me faisait penser malgré moi plutôt à un commis-voyageur très entrainé qu'à un artiste. Quand sur le soir, je croyais qu'il allait peut-être parler d'un autre que de soi-même, il se retira et je fus déçu. Les personnes présentes criaient : quel esprit! quelle verve! quel entrain! quelle passion! quelle exubérance! et je vis, une fois de plus, combien la nature, en me donnant une certaine égalité d'esprit et d'humeur, avait été parcimonieuse à mon égard et m'avait privé d'une foule de jouissances communes à mes contemporains.

Enterrements célèbres
Enthousiasme de la foule
Derniers devoirs, hommages suprêmes...
Clichés éternels

—

AIS j'ai hâte de sortir de ces ténèbres; parlons un peu de certains qui eurent d'éclatantes funérailles. « Que c'est beau, disait Mme de Girardin à propos des funérailles du général Foy, que c'est beau d'aller ainsi à la tombe, au milieu de tant de gens qui vous pleurent et qui jettent des couronnes d'immortelles sur votre cercueil. » Certainement c'est un grand spectacle, plein d'enseignements si vous voulez — mais qui dépend si souvent de tant de choses futiles ou indépendantes de la vie du défunt, qu'il est peut-être bon de ne pas toujours y attacher une grande importance. Ne rentrons pas dans les *Funérailles révolutionnaires* « obsèques bruyantes, agitées, a dit Armand Marrast, où les souvenirs ont plus de part que la douleur, où l'on menace le présent en enterrant le passé », comme celles de Blanqui, Thiers, Quinet, Louis Blanc, Michelet, etc., dans lesquelles l'homme de lettres disparait complètement...

Béranger mourut le 16 juillet 1857, étendu dans un fauteuil pendant un orage étouffant. Il y avait foule sous ses fenêtres. Depuis plusieurs nuits, les ouvriers se relayaient rue Vendôme, dans la crainte qu'on ne leur enlevât le cadavre du poète, afin d'éviter les honneurs que le peuple voulait lui rendre. La veille, à minuit, j'y suis allé, la rue Vendôme était pleine de monde.

Le gouvernement, sentant qu'il allait avoir une journée, prit le meilleur parti possible pour lui et se mit à la tête des funérailles; seulement, afin que nul n'en ignore, la Préfecture de police les fit précéder du petit avis suivant :

La France vient de perdre son poète national.

Le gouvernement de l'Empereur a voulu que des honneurs publics fussent rendus à la mémoire de Béranger... etc.

J'apprends, dit le Préfet de police, que des hommes de parti ne voient dans cette triste cérémonie qu'une occasion de renouveler des désordres qui, dans d'autres temps, ont signalé de semblables solennités... etc.

Le gouvernement ne souffrira pas... etc.

J'invite la population... etc.

Des mesures prises pour que la volonté du gouvernement... etc.

Et en effet, toute la nuit qui précéda le jour de l'enterrement, des troupes entrèrent dans Paris, sans bruit, à l'étouffée..., de la cavalerie, de l'infanterie, de l'artillerie, avec les roues des -affûts enveloppées de paille pour ne pas troubler le sommeil des bons habitants de Paris. Quelle attention ! Aussi Paris, en se réveillant, avait-il l'aspect d'une place de guerre ; bien des régiments étaient dissimulés, mais d'autres s'étalaient en plein soleil, afin de décourager nettement toute tentative des hommes de parti, Je me souviens d'un régiment campé sur la place du Château-d'Eau avec tentes et abris, et faisant tranquillement sa cuisine. Tout cela n'était pas rassurant. Dès neuf heures du matin, la foule encombrait le quartier Vendôme, les abords de la maison mortuaire et de l'église Sainte-Elisabeth ; la plupart des boutiques étaient fermées et dans les quartiers fort éloignés on en rencontrait aussi quelques-unes. Ce fut un chômage général ;

pas un atelier ouvert, le peuple était dans la rue. De nombreux citoyens chargés d'immortelles rouges en distribuaient à pleines mains, et je me rappelle que rue du Temple, où je me trouvais dans un groupe d'amis qui parlaient un peu haut, un petit sergent de ville tout malingre, tout chétif, mais rageur, s'approcha, et, nous regardant bien en face, nous dit les dents serrées : « — Il fait chaud aujourd'hui!.. eh bien ! il fera probablement encore plus chaud tantôt, c'est moi qui vous le dis, et si vous nous cherchez, vous nous trouverez, soyez-en sûrs. » Un brigadier le rappela vivement.

Il faisait chaud en effet, tout le monde avait la fièvre. « C'était une occasion superbe disaient les uns; il faut en profiter... » Mais rien n'était préparé, qu'allaient faire les ouvriers ! Et la journée se passa dans l'anxiété, dans l'attente de quelque chose qui ne vint pas. Un municipal qui faisait reculer son cheval, renversa une femme..., il y eut un cri terrible de vengeance, — en disproportion avec l'accident... Un instant je crus que ça y était... Mais je ne puis raconter ici par le menu cette journée mémorable. Comme nous voulions traverser le canal, mon ami Gaulier et moi, deux agents de police qui gardaient la passerelle nous dirent : — « On ne passe pas ! » Au même instant arrive une bande d'ouvriers se donnant le bras, qui traversèrent simplement en disant : « — Ce n'est pas nous qu'on empêche de passer !.. » Nous les suivîmes. Les agents ne soufflèrent mot. Evidemment, leur consigne était celle-ci : Empêchez de passer autant que vous le pourrez ; si on insiste, laissez faire. Eviter tout froissement, toute collision, était le mot d'ordre ; ce qui suit nous le prouva bien.

Nous arrivâmes au boulevard des Amandiers ; on n'entrait pas au cimetière, qui était occupé par la troupe et dont les murs étaient garnis d'un cordon de gardes municipaux qui, assis, les jambes pendantes du côté du boulevard, attendaient philosophiquement l'arrivée du cortège. Celui-ci venait lentement, précédé, escorté, suivi d'agents de police en telle quantité qu'on ne voyait absolument qu'eux... et que, si Béranger eut été le grand maître de cette utile corporation, on n'aurait pas pu lui en donner davantage. Sur le boulevard, à gauche non loin de l'entrée, était un régiment les armes en faisceau ; les hommes épars çà et là, causaient et fumaient !.. et Gaulier me disait : « Ah ! qu'il serait facile de désarmer ce régiment... ;

ce serait un crâne commencement ! »
Les ouvriers qui passaient se poussaient le coude, et de l'œil indiquaient que cette idée leur était venue aussi, tout naturellement...
Mais rien ! La journée s'avançait, le corbillard avec son auréole d'agents de police, approchait... Gaulier me dit : « — Ce n'est pas possible que cela finisse ainsi ; il ne faudrait qu'une étincelle... eh bien ! je vais essayer, tant pis. Je vais aller me mettre à côté de ce brigadier de sergents de ville, et quand le cercueil traversera le boulevard pour entrer au cimetière, je le saluerai de trois cris de : Vive la République !
Il m'arrêtera, je résisterai, je crierai, il faudra m'enlever pour me mener au poste : peut-être ne me laissera-t-on pas entraîner... »
Nous regardâmes autour de nous : à quelques mètres était un groupe de connaissances dans lequel figuraient, je me souviens encore, l'acteur Bocage et notre ami Charles-Louis Chassin. Nous comptions un peu sur eux... et beaucoup sur des sergents de ville qui, trois par trois, flanaient de-ci de-là... Gaulier alla se placer coude à coude à côté d'un superbe brigadier de police tout chamarré de décorations, et quand le cercueil passa, Gaulier se découvrit, et, agitant son chapeau, cria

lentement d'une bonne voix bien posée et bien claire : — Vive la République !

Je regardai le brigadier. Au premier cri, il ne fit pas un mouvement, pas un geste ; une légère contraction de la bouche me prouva seule qu'il n'était point sourd. Gaulier acheva sa petite manifestation sans encombre, ainsi qu'il l'avait règlée, et qui avait duré le temps que le cercueil mit à traverser le boulevard. Alors seulement, le brigadier, qui avait les bras croisés sur la poitrine, tourna la tête lentement et le regarda, mais sans insistance ; et il vit un grand jeune homme blond, de tenue très correcte, l'air anglais, raide dans son col anglais, sous son chapeau anglais, avec son lorgnon anglais ; car à cette époque, c'est-à-dire trente-sept ans avant de devenir député de Paris, Alfred Gaulier adorait l'Angleterre à cause des *libertés nécessaires*, et son bonheur était d'être pris pour un Anglais. Le brigadier se dit peut-être : — Quel est cet étranger ? quelque Anglais sans doute ? Je le reconnaîtrai... En attendant, l'étincelle n'avait rien allumé ; les personnes voisines s'étaient retournées — le groupe Chassin-Bocage comme les autres, — mais cela avait été tout.

Maintenant, dis-je à Gaulier, que

nous n'avons plus que l'air d'agents provocateurs, nous pouvons filer.

Ne riez pas, vous qui n'avez point vécu en 1857, et ne traitez pas ceci de gaminerie; l'Empire était à l'apogée de sa puissance; le ministre Billault s'écriait : « Aujourd'hui c'est toujours le même prestige populaire autour des Bonaparte ; mais il y a de plus six années d'une administration féconde et glorieuse, les palmes de la guerre et les fruits de la paix, une immense prospérité matérielle réhaussée par un merveilleux sentiment de notre grandeur nationale. La réalité a dépassé les espérances. » Il est vrai que la presse étrangère ajoutait : « Cependant on remarque un certain abattement parmi les classes instruites, chez tous les hommes qui pensent ou font profession de penser sur les matières politiques. Au milieu de la prospérité qui les entoure, ils semblent voir sans cesse un glaive suspendu sur leur pays. »

J'ai vu depuis, bien des funérailles tumultueuses et des gens se colleter avec des sergents de ville à la porte des cimetières; mais que risquaient-ils? Le pire qui pouvait leur arriver était d'être nommés membre du Conseil municipal aux prochaines élections.

Non, Gaulier avait fait acte viril et

pouvait le payer cher. Je me souviendrai toujours d'un étranger que je voyais quelquefois le soir : c'était une sorte de philosophe fort instruit et dont la conversation n'était point sans charme. Tout à coup, il cessa de venir parmi nous, et ce ne fut que quelques années après, le *Moniteur* passant une sorte de revue des attentats dirigés contre l'Empereur, que je vis le nom de notre philosophe figurant tout seul à la tête d'une machine infernale dont personne n'avait entendu parler, que lui seul avait construite et qu'il allait faire fonctionner, lorsque la police l'arrêta — et le fit disparaître. Ce n'était pas plus difficile que cela.

Revenons à l'enterrement de Béranger. Pendant ce temps-là, on télégraphiait à l'Empereur qui était à Plombières, que tout s'était bien passé, et le *Moniteur* le constatait en l'attribuant au bon esprit de la population et aux sages mesures de l'autorité. Il est certain que celles-ci y furent pour quelque chose.

Si Béranger, comme le dit Proudhon, était désireux de s'assurer un superbe enterrement, il y a pleinement réussi, et je n'ai jamais rien vu de semblable à ses funérailles — y compris la pompe de Victor Hugo.

Béranger mort, les journaux bataillèrent au sujet de son âme;

qu'était-elle devenue dans cette affaire-là ? Les journaux religieux déclarèrent effrontément qu'il était revenu à Dieu ; il aurait dit à M. Deguerry, curé de la Madeleine, qui était allé le voir en ami : « M. le Curé, quand on est jeune on fait bien des choses qu'on ne ferait pas à un âge plus avancé », ce qui n'a pas grande signification ; chaque journal en tira le parti qui convenait à sa clientèle. L'un raconta que l'abbé Jousselin, son ancien curé de Passy, devenu curé de Sainte-Elisabeth du Temple, l'avait visité et que la sœur cloîtrée du poète avait été autorisée par l'archevêque à venir embrasser son frère mourant ; un autre dit qu'un an avant, lors de la mort de Mme Judith qui fut conduite à Sainte-Elisabeth, Béranger l'y avait accompagnée..., mais personne n'osa affirmer qu'il se fut confessé.

Ah ! la gloire, disait Frédéric Soulié sur son lit de mort, la postérité, si j'y crois ! parbleu, un jour viendra que la ville où nous sommes nés ayant à baptiser une nouvelle rue, pensera à vous et l'appellera... rue Alphonse Karr. Pendant vingt ans, la rue est peu et mal habitée et ne figure guère que dans les annales du crime ; on s'y assassine, et il n'y a pas de jour où la feuille de la localité n'enregistre quelque fait délictueux commençant toujours par ces mots : Hier, a été commis rue Alphonse Karr... En cour d'assises, on ne parle que d'elle : — Accusé, où logez-vous ? Rue Alphonse Karr... Puis la rue se fait, les malandrins disparaissent, les honnêtes gens s'y installent malgré son mauvais renom, mais ils en souffrent et à la première occasion, arrive un capitaine heureux ou un maçon enrichi qui te prend ta rue et voilà comment cela finit.

Au milieu de son agonie, peu d'instants avant de mourir, Soulié disait encore aux personnes qui l'entouraient ces vers qu'il venait de composer :

Je n'acheverai point mon pénible labeur !
Plus de révolte... hélas !.. imprudent moisson-
[neur,
Hâtant tous les travaux faits à ma forte taille
Je jetais au grenier le froment et la paille,
De mon rude labeur nourrissant ma maison,
Sans m'informer comment s'écoulait la
[moisson
Viens près de moi Béraud... et vous Massé,
[Collin !
Près de moi, près de moi, car voici bientôt
[l'heure !..
Voici qu'on me revêt de ma robe de lin
Pour entrer dignement dans...

et sa voix s'arrêta... juste au moment où il allait dire des bêtises. On n'eut que le temps de faire venir un prêtre.

Son corps fut transporté à Paris rue de Vendôme, chez Antony Béraud, et le service eut lieu à l'église Sainte-Elisabeth. M. Auguste Vitu a jadis raconté dans la *Silhouette* d'une façon saisissante l'enterrement de Frédéric Soulié; j'essaye de le résumer. Le service à Sainte Elisabeth avait été un peu long et la foule qui s'impatientait au dehors, finissait par se croire au *paradis* de l'Ambigu; des lazzis s'y échangeaient, on y entendait des cris d'animaux variés et le cocher du corbillard dut déloger à coups de fouet des gamins qui s'y étaient blottis et jetaient de là sur la foule des coquilles de noix et des débris de pommes.

Sur le boulevard, on se serra en colonne de quinze de front; la foule était énorme; au milieu de la rue de la Roquette, au moment où Alexandre Dumas vint se joindre au cortège, le peuple qui était sur les côtés fit irruption avec une violence inqualifiable; sur quelques points, il y eut des collisions entre les blouses et les habits noirs : nous sommes du peuple, dirent les blouses et nous honorons Frédéric Soulié autant que vous qui avez des chapeaux et des gants. « A partir de ce moment, le tumulte fut à son comble et l'on entra au cimetière comme par la porte forcée d'une ville prise d'assaut. »

Au cimetière, Victor Hugo a remercié « ce peuple généreux, laborieux et pensif qui ne fait défaut à aucune de ces solennités douloureuses et qui suit les funérailles de nos écrivains, comme on suit le convoi d'un ami »; mais cet enthousiasme n'entraine pas ce réactionnaire de Vitu qui constate à son tour, qu'en effet ce peuple laborieux ne manque jamais d'aller flâner à toutes les cérémonies qui piquent sa curiosité; il suit toutes les funérailles, celles de Delavigne, de Laffitte : « Il compare, il regrette et s'il est trompé dans son attente, il siffle comme à un mauvais mélodrame ». Naturellement, il applaudit Hugo, il applaudit le baron Taylor, mais il siffle Paul Lacroix parce qu'il n'a pas de voix, et tourne le dos à MM. Adolphe Dumas et Belmontet, pendant que les gamins perchés sur les monticules environnants acclament Alexandre Dumas qu'ils reconnaissent au milieu de la foule. La dernière pelletée de terre est tombée, les vingt-cinq soldats qui escortaient Soulié comme chevalier de la Légion d'honneur tirent sur la tombe, quelques fusils font long feu.

— Ils ne savent pas seulement faire

un feu de peloton, crie le peuple, recommencez cela! On se précipite vers la porte au milieu des cris de : Vive Victor Hugo! vive Béraud! vive l'Ambigu!

« Nous comptons que nos lecteurs, dit en terminant M. Vitu, nous estiment assez pour nous croire incapable d'avoir forgé un seul de ces tristes détails. »

M. Vitu n'avait rien à craindre de ce côté, car on sent passer dans son récit comme le souffle même de la vérité.

On meurt plus souvent la nuit que le jour, demandez pourquoi à votre médecin, il vous le dira... s'il le sait, et même s'il ne le sait pas...; Sainte-Beuve, lui, mourut à une heure et demie de l'après-midi, d'une inflammation de la prostate dont il souffrait depuis quatre ans. Il est mort en libre-penseur qui, disait-il lui-même, a observé curieusement, et d'aussi près que possible, l'intérieur de toutes les souricières, mais sans être entré dans aucune. Ce qui fait qu'on ne l'a pas pris. Il mourut entouré du D# Veyne, de son secrétaire et d'une femme qui depuis quinze ans gouvernait sa maison. Il avait demandé à être enterré civilement, sans pompe, sans insigne, sans discours, et que la chose eut lieu le plus grand matin possible, à neuf heures, dix heures au plus tard. Je désire, avait-il dit, qu'aucun de mes exécuteurs testamentaires ne fasse de discours, mais que l'un d'eux, Lacaussade ou Troubat, se borne à remercier les personnes qui m'auront accompagné jusqu'à la tombe. Des malins prétendirent que ces deux conditions lui avaient été inspirées, la première parce qu'il tenait à avoir son compte rendu le jour même, ce qui est toujours plus avantageux, et la seconde par la crainte qu'on ne débitât de mauvais français sur sa tombe.

Lacaussade a pris la balle au bond, car, monté sur un tertre, il a simplement dit : Sainte-Beuve, adieu ! adieu ! et se tournant vers les assistants : — Messieurs, qui l'accompagnez, soyez remerciés en son nom ; la cérémonie est terminée.

Il y avait là beaucoup de monde, Mme Vve Proudhon, Mme Sand au bras de M. Dumas fils, Dumas père, le fils Baroche, Flaubert donnant le bras à Taine, etc., etc., l'assemblée, qui paraissait s'attendre à quelque chose de plus, s'en allait légèrement désappointée, quand MM. les étudiants, apercevant Raspail, l'acclamèrent. Ces Messieurs n'étaient pas venus-là

spontanément, il y avait eu du tirage ; les purs ne pouvaient se résigner à accompagner un sénateur; puis, leurs anciens ne l'avaient-ils pas sifflé seize ans auparavant, ne lui avaient-ils pas crié qu'il déshonorait la littérature ?.. Cependant il fut convenu que tous iraient, mais comme l'ovation à Raspail ne pouvait suffire à l'expansion de leurs sentiments, ils avisèrent Mme Sand et lui firent une ovation silencieuse — ce qui n'est pas dans leurs habitudes et que le lendemain la bonne dame racontait ainsi à son fils Maurice :
« En rentrant dans la vraie foule, j'ai été l'objet d'une manifestation dont je peux dire que j'ai été vraiment reconnaissante, parce qu'elle était tout à fait respectueuse et peu enthousiaste; on m'a escortée en se reculant pour me faire place et en levant tous les chapeaux en silence, saluant toujours et ne me regardant pas sous le nez et ne disant rien; j'ai trouvé cela mieux que des cris et des applaudissements de théâtre. Il n'y avait pour les autres que des témoignages de curiosité... C'était comme un mouvement général d'estime pour le caractère, plus que pour la réputation. »

Ce qui prouve qu'il faut prendre les manifestations comme elles viennent et s'arranger toujours de façon à en retirer la plus grande somme de satisfaction possible, voilà tout ; car, si je ne me trompe, les cris et les applaudissements de théâtre, quoiqu'elle en dise, ne lui avaient pas déplu, lors de la représentation du *Marquis de Villemer*. Elle écrivait le lendemain à ses enfants — qui n'étaient jamais là — : « Je reviens escortée par les étudiants aux cris de : Vive George Sand ! vive Mlle *de la Quintinie !* à bas les cléricaux !.. C'est une manifestation enragée... Enfin c'est un événement qui met le Quartier latin en rumeur depuis ce matin ; toute la journée, j'ai reçu des étudiants qui venaient quatre par quatre, avec leur carte au chapeau, me demander des places *(parbleu !)* et protester contre le parti clérical en me donnant leurs noms. » Le surlendemain, elle reprend la plume : « La soirée a encore été plus chaude que celle d'hier, etc... Ils voulaient dételer mes chevaux du sapin, et m'amener rue Racine... »

Modestes funérailles
Ingratitude, indifférence, oubli
Les morts vont trop vite

—

D'AUTRES funérailles plus modestes m'attirent davantage...
Oui, plus modeste fut l'enterrement de M. de Lamartine..., le
poète, qui toute sa vie fut un grand
enfant, très affaibli sur la fin, était
en pleine décadence physique et
intellectuelle quand la mort se
présenta; il ne savait plus ce qu'il
disait... c'était navrant. Je dirais
qu'il était tombé en enfance si je ne
trouvais cette expression absolument ridicule pour désigner cette
décrépitude et la comparer à l'exubérance de vie qui au contraire
caractérise l'enfance. Mais rassurez-
vous, le poète religieux reparut, se
confessa à M. Deguerry et mourut
pressant sur sa poitrine un petit
christ d'argent.

Sa mort fut très calme et personne de celles qui étaient là — membres de la famille et amis, Desplaces, Edmond Texier, etc. — ne s'aperçut de l'instant précis où le poète passa de vie à trépas. Le silence qui régnait dans la chambre fut plus profond et c'est ce qui les avertit de l'événement. A la levée du corps, il n'y avait que la famille et quelques intimes; Mme de Cessiat, sa nièce bien aimée, sema autour du cadavre des fleurs de camélia, la fleur qu'il préférait, et glissa sous la tête un oreiller, puis le cercueil fut cloué. Un *vieux catholique*, le père Hyacinthe qui était venu spontanément offrir les secours de la religion à la famille, prononça alors quelques paroles émues avant que la voiture des Pompes funèbres accompagnée de MM. Montherot, Chamborant et Ronchaud, ne l'eut emmené à la gare de Lyon d'où il partit à deux heures pour Saint-Point.

Il y avait là Garnier Pagès, Henri Martin, Emile Augier, etc., plus les gens envoyés par les journaux qui entouraient dans un pieux recueillement un autre mort (un député de l'Isère, je crois) qui, lui aussi, attendait le train et les avait induits en erreur. Ils lui tournèrent vite le dos, dès qu'ils se furent aperçus de leur méprise.

Pauvres funérailles, comme on le voit; le poëte, dit-on, les avait voulues ainsi ; mais en vertu de l'immanente justice des choses... on se rattrapa fort vingt et un ans après, au centenaire de Lamartine, car n'ayant rien à célébrer dans le présent, nous sommes aux anniversaires.

✓A l'enterrement de Baudelaire, il n'y avait pas cinquante personnes et la petite église de la place de l'Hippodrome (je n'ai jamais su son nom) où un service en musique avait été commandé par la famille, était loin d'être pleine. Un jeune et sémillant maître des cérémonies nous faisait des signaux de détresse en frappant dans ses mains, pour nous engager à nous lever et nous asseoir selon le rituel; désespérés de ne pouvoir le suivre dans ses évolutions, nous prîmes tous le parti de rester assis. La cérémonie terminée, on se dirigea vers le cimetière Montparnasse ; il faisait une chaleur étouffante ce jour-là, et ceux qui avaient tenu à l'accompagner à pied trouvèrent le chemin un peu long. Au cimetière on se reconnut, les voitures avaient amené quelques personnes ; l'orage menaçait et un coup de tonnerre faillit mettre tout le monde en déroute. On se dépêcha; Charles Asselineau et Théodore de Banville lurent leurs discours dard, dard... « Théodore était très ému, moi, dit Asselineau, encore plus et en colère. » Il s'en est expliqué plus tard dans une lettre; il avait prévenu à temps la Société des gens de lettres, écrit à Paul Féval, son président, qu'il comptait sur lui et son Comité..., « personne ne vint, personne non plus du ministère. »

Je ne vois pas bien pourquoi Asselineau tenait tant à avoir tout ce monde-là...

> En vain j'ai voulu de l'espace
> Trouver la fin et le milieu,
> Sous je ne sais quel œil de feu
> Je sens mon aile qui se casse.
>
> Et brûlé par l'amour du beau
> Je n'aurai pas l'honneur sublime
> De donner mon nom à l'abîme
> Qui me servira de tombeau.

Son nom! cruelle ironie, il l'avait lui-même oublié dans son épouvantable fin.

Entre ceux qui s'en vont suivis de la foule heureuse de voir et de se faire voir, et le malheureux oublié, dédaigné, qui n'a même pas un pauvre chien derrière lui, se place l'enterrement d'Alfred de Musset. Il y avait beaucoup de monde à Saint-Roch, l'église était pleine; mais lorsqu'il s'agit d'aller au Père Lachaise, la foule s'éclaircit singulièrement. Sans la compagnie de soldats qui escortait le défunt comme membre de la Légion d'honneur et le costume de quelques académiciens, ce pauvre enterrement n'eut fait retourner la tête à personne.

Il m'en souvient bien, j'en étais, et Pierre Dupont s'appuyait sur mon bras. La personne qui m'eut prédit cela quelques années avant, alors que tout jeune (en 1851) je chantais ses chansons, m'eut probablement fait plaisir et j'en aurais ressenti un légitime orgueil; mais dans le cas présent il n'y avait vraiment pas de quoi être bien fier. De temps en temps, j'entendais sur notre passage ces exclamations : « — Tiens, voilà Pierre Dupont! Mon Dieu, mais qu'a-t-il? » D'autres plus précis, disaient : « — Qu'est-ce qui l'a arrangé ainsi? » De fait, Pierre Dupont marquait mal, comme dit le peuple. Il était proprement vêtu, mais il avait un bandeau avec un emplâtre sur l'œil droit, le bras gauche était en écharpe, le nez était zébré d'égratignures ; les jambes peu solides, flottaient dans le pantalon, sous lequel on devinait des bleus, des noirs et des ecchymoses... Il me raconta je ne sais quelle histoire d'escalier où il n'avait pas brillé. Oui, qui pouvait l'avoir arrangé ainsi? Hélas! une maladie terrible, celle qui avait ouvert prématurément la fosse vers laquelle nous nous dirigions, *l'oubli de soi-même.*

Après cela, tous deux avaient probablement dit tous les beaux vers qui leur trottaient par la tête, et s'il fallait pleurer, c'était bien sur celui qui restait et qui devait faire encore treize ans avant de rejoindre l'autre — par le même chemin.

Au cimetière, M. Vitet :

Sage et mou dans sa pâle prose
Fade et rose

prononça un discours qu'Albéric Second, qui était-là, s'entêta à prendre pour un récitatif en vers blancs :

L'Académie subit une cruelle épreuve...
La mort fait dans ses rangs des vides im-
                                     [prévus...
Noble esprit, cœur vaillant, chaleureuse
                                   [nature...
Ce vif empressement à l'accueillir alors...
Votre deuil d'aujourd'hui s'explique d'un seul
                                   [mot...
C'était un esprit rare, original, exquis...
Etc.

tout cela, sans oublier *les faiblesses du poète de la jeunesse...* pendant que M. Villemain affichait d'un façon peu convenable une distraction voulue, et semblait dire : « Croyez bien que ce n'est pas de mon plein gré que je suis ici, et qu'il m'a fallu obéir aux exigences de ma position, si cela n'eut dépendu que de moi... » Et ses doigts conscients battaient sur sa cuisse une mesure qu'il était difficile de prendre pour celle d'une marche funèbre. Quant à la jeunesse..., eh bien ! à part notre petit groupe : Octave Lacroix, Aurélien Scholl, Louis Bouilhet, Amédée Rolland, Jules Viard, Delvau... etc., (je dis etc., parce que je n'en vois plus d'autres) et quelques étudiants, c'était-là toute la jeunesse qui avait jugé à propos d'accompagner son poète. Et pour être vrai jusqu'au bout, je ne me compte pas, car j'étais là beaucoup plus par curiosité que pour rendre hommage à un grand talent littéraire que, certes, j'admirais, mais qui ne m'a jamais été sympathique.

Aussitôt la cérémonie terminée, nous nous sauvâmes Amédée Rolland et moi, heureux de quitter Pierre Dupont qui allait se consoler en face, — *où l'on était mieux*, disait l'enseigne.

Je n'aurais garde d'oublier ici Félicien Malleville qui mourut à cinquante-cinq ans d'une inflammation d'intestins, sans avoir voulu prendre aucun remède, ni écouter aucun médecin, et criant dans son délire : — Prenez garde, Pelletan à moi ! les lâches... de Flotte !.. Comme je le retrouve bien-là, tel que je l'ai connu, luttant, combattant, tempêtant !.. Ce fut son neveu M. Wilfrid Chauvin qui reçut son dernier soupir.

On pouvait dire de Mallefille ce qu'il a dit de Louis Lurine : « Il valait mieux que sa destinée. Romancier, journaliste, auteur dramatique, sous toutes les formes d'une activité multiple comme son intelligence, il a prodigué des trésors de finesse et de verve. Le succès, trop occupé des choses vulgaires, passait à côté de ces choses délicates, en oubliant l'auteur dans son coin. Et cependant l'auteur était supérieur même à ses œuvres... C'était assurément l'un des causeurs les plus brillants de notre époque. Je dirai plus, il ne lui a manqué que la tribune et l'occasion pour devenir un remarquable oratenr. »

C'est ce que pensent de Mallefille tous ceux qui l'ont connu : un homme bien supérieur à ses œuvres.

Après avoir passé par l'église Notre-Dame de Lorette, le convoi partit pour Montparnasse, et, dans l'assistance qui était nombreuse, on se montrait tout ce qui restait de l'ancienne rédaction du *National* : l'ex-ministre Ch. Duclerc, Alexandre Rey, Genevais, Aumont; MM. Darois et Duras représentaient leurs pères morts il y a quelques années.

Pendant qu'on le portait en terre, j'étais à Roscoff, errant tristement à travers les rochers et me rappelant toutes les folies que cinq ans auparavant avaient faites sur terre et sur mer — mais plus sur celle-ci que sur celle-là (toute une campagne, comme il disait) le brave capitaine Félicien Mallefille et son fidèle matelot Firmin Maillard.

P. S. Il y a vingt-cinq ans que je n'entre plus dans les églises, me disait jadis Mallefille, bien qu'il fut spiritualiste comme tous les romantiques qui se contentaient de supprimer entre eux et Dieu tout intermédiaire, et il écrivait à un de ses amis : « Je n'ai jamais voulu publier mon portrait parce que j'ai horreur de tout ce qui sent la pose » ... Eh bien, une fois mort on le fit passer par l'église... Oh ! une simple messe, c'est vrai ! et sur sa tombe on mit son portrait... qui ne sent pas la pose, c'est encore vrai ! Mais il n'en a pas moins subi les deux choses qui, de son vivant, lui eussent été fort désagréables.

Son œil crevé, sa peau basanée, le rendaient un peu dur d'aspect..., il le savait, et, peut-être pour cela, se méfiait-il des portraitistes.

J'avais besoin de retrouver ses traits qui peu à peu s'estompaient dans mon souvenir, et un jour je suis allé le voir au cimetière Montparnasse où il repose depuis plus de trente ans dans un tombeau de famille qui ne porte même pas son nom, mais qui est orné d'un médaillon. Sur ce médaillon, probablement en bronze, mais qui offre plutôt l'aspect d'une plaque de cheminée, vieille fonte à demi rongée par le feu et la fumée, se profile l'image d'un homme au visage dur, à la bouche épaisse, à la mouche et aux moustaches rudes, une tête de soldat — et voilà tout.

Comme sur le monument, il n'y a que cette inscription : Famille Aimé Chauvin, on pourrait passer cent fois devant sans se douter que ce pauvre Mallefille est là, s'il n'y avait près de l'oreille, griffonnés au burin que les rugosités du métal ont fait hésiter, ces mots à peine visibles :

à la mémoire
de félicien mallefille

Adam Salomon.

Me suis-je trompé, ai-je mal vu ?
mais tout cela était fâcheux d'aspect,
triste, sale et noir... peut-être aussi
faisait-il noir en moi..., dans tous
les cas, j'ai rapporté de ma visite
une impression pénible, douloureuse,
et le regret d'avoir échangé mon
Mallefille que le temps avait encore
considérablement adouci contre un
Mallefille froid et dur que je n'ai
pas connu.

Pauvre enterrement que celui
d'Adolphe Dumas mort dans le plus
profond dénuement au Puy, près de
Dieppe, où il habitait une cabane de
pêcheurs, disent les uns ; il recevait
de l'Empereur une pension de
2,400 francs, disent les autres... —
je n'en sais rien, mais tenez pour
certain qu'il est mort pauvre, comme
il avait vécu.

Trois ans auparavant, un journal
ayant annoncé sa prise de voile. .,
c'est-à-dire sa retraite dans un couvent, il protesta en ces termes :

Monsieur et cher confrère,

Dans votre n° de dimanche dernier,
vous me donnez à Dieu de si bonne grâce,
que je ne peux pas vous le rendre par un
démenti ; j'aime mieux vous remercier du
souci que vous prenez de mon salut dans

ce monde et dans l'autre. Il est vrai que j'ai écrit à Lamartine, non d'Amalfi, mais de Provence, cette part de souscription, la seule que je puisse offrir à sa glorieuse infortune :

> Quand je devrais mourir sans pain
> Et sur la paille et sur le chaume
> Avec un prêtre, avec un psaume,
> Et quatre planches de sapin.

> De ceux que la lyre aux sept cordes
> Sait chanter jusqu'au dernier jour,
> L'hymne de l'éternel amour
> Pour le Dieu des miséricordes

> Jusqu'à ceux qui las de t'aimer
> Un jour d'enchère et de rapines,
> Te font Dieu couronné d'épines
> Pour le croire et te blasphémer ;

> Si ta gloire se le rappelle,
> Le lendemain de ton malheur,
> Je fus sans doute le meilleur,
> Car je reste le plus fidèle.

Je ne pense pas que cet épanchement de cœur veuille dire que j'ai pris le voile des vierges ou la robe des saints. Je suis bien loin de cette perfection ; mais je suis sûr que l'exemple de Lacordaire et de Ravignan, si on était capable de le donner, vaudrait mieux que de jeter un poète de plus au fond de la Seine ou de l'hôpital.

Accordez-moi la charité de cette rectification et vous serez aussi bon chrétien qu'il faut l'être entre confrère, sans être *moine* et pour le dire en termes très amis comme vous l'avez fait.

Tout à vous,

ADOLPHE DUMAS DE VAUCLUSE.

Il était boiteux depuis son enfance, et en 1855 il fit une chute dans sa chambre et se broya le pied qui, seul, l'avait aidé à se traîner toute la vie... — Je ne sais pas, disait-il à ce propos, si je n'aurai pas deux infirmités au lieu d'une. Je ne suis pas désolé du malheur qui m'arrive, mais j'ai dû me demander pourquoi c'est sur moi que le mal retombe; je n'ai trouvé qu'une réponse : ma résignation et ma soumission en Dieu.

Ceux qui meurent à l'étranger
La maison Dubois
La chambre des gens de lettres

——

OMBIEN encore ont trouvé la mort à l'étranger, qui avaient émigré pour savoir si la vache enragée de là-bas valait mieux que celle d'ici !

Petrus Borel, un de nos bons toqués du romantisme, qui est mort pauvre en Algérie où il était entré dans l'administration.

Ce n'était pas la peine de tant se moquer du bourgeois et d'écrire sournoisement de lui-même, vingt-sept ans avant sa mort : « Petrus Borel s'est tué ce printemps ; prions Dieu pour lui afin que son âme à laquelle il ne croyait plus, trouve merci devant Dieu. » Au fond, que demandait Petrus Borel :

Ne chanter pour aucun et n'avoir sur terre
Qu'une cape trouée, qu'un poignard et les
[cieux !

Que c'est beau, la jeunesse ! Oui, quelquefois ; mais souvent aussi, que c'est bête !

✦◉✦

Antoine Fauchery dont j'ai parlé autre part, l'auteur des *Lettres d'un mineur en Australie*, est mort à Kanagauro, au Japon, âgé de trente-sept ans, seul, comme il aimait à vivre, et c'est un étranger qui lui a fermé les yeux... Dans une lettre où il raconte la mort de M. de Chabrillan, il disait : « Ce qui m'inquiétait, c'est qu'il faisait des projets... » Mais tout le monde fait des projets... C'est surtout un grand signe de faiblesse morale, on ne voit pas, on ne veut pas voir son état..., et Fauchery, tout comme les camarades, est parti la tête pleine de projets, écrivant à M. Dalloz qu'au mois de janvier 1862 il aura terminé son travail et suffisamment vu ce qu'on peut voir du Japon , pour regagner Paris vers mars ou avril 1862.

Sa lettre n'était pas arrivée qu'il était mort — comme nous l'avons dit.

✦◉✦

Et René Lordereau ! Un jour j'ai lu ces quelques lignes signées de ce nom : « J'ai remarqué depuis mon enfance (et c'est ce qui m'a guéri de toute ambition) qu'il y avait quelques hommes qui se donnaient beaucoup de mal et s'ennuyaient très fort pour faire fortune, puis une multitude d'autres hommes qui s'amusaient beaucoup en n'amassant rien. Je me suis dit : « — C'est bon à savoir ! » Quand on fait des observations de cette subtilité et de cette profondeur, et qu'on en tire cette conclusion, on est assez mal venu de se plaindre ensuite de la vie qu'on s'est créée. J'ai vu deux ou trois fois René Lordereau... s'il avait bien l'air d'un homme qui n'amasse rien, il ne ressemblait toujours pas à un homme qui s'amuse...

Croyant lasser le sort, il alla chercher fortune à la Havane ; son ami Gustave Mathieu l'accompagnait sur le pont du navire : — Au moins toi, cher ami, lui dit Lordereau, tu es venu jusqu'au cimetière... et Mathieu en descendant le petit escalier, rimait cette douce chanson :

Il est parti en mer, il est parti
Mon ami,
Emportant ma pensée,
Souffle pour lui brise alizée,
Pousse-le doucement au port.
Et rentrez dans vos trous, vents du Sud et du
[Nord.

Six ans après, Auguste Villemot écrivait que son ami René Lordereau était encore à New-York où il avait été tour à tour gueux, vaillant, soldat, ouvrier, contrebandier, maître d'école, mourant de faim ou mangeant des serpents à sonnettes ; aujourd'hui (1867) il est paralysé... et Villemot parlait d'organiser une représentation à bénéfice pour le tirer de là-bas... ; puis, je n'ai jamais plus entendu parler de René Lordereau.

Ce n'est cependant pas lui, hélas ! qui va me faire oublier l'hôpital. N'y aurait-il plus d'hommes de lettres qui meurent à l'hôpital ? Fatalement, il y en a encore, comme vous allez le voir, seulement ceux-là seront les derniers. La mode en est passée, les poètes eux-mêmes ne veulent plus en entendre parler, malgré l'auréole... ils se gaussent de l'auréole. D'ailleurs, nous avons tous été trompés d'une manière indigne par MM. Gilbert et Malfilâtre, sans parler de quelques autres ; aussi cherchons-nous aujourd'hui à déguiser la chose, à tricher sur le nom ; nous employons des euphémismes, nous disons maison de santé, institut sanitaire, en traitement chez un tel, etc., que sais-je ? Tandis que tout cela, au fond, c'est l'hôpital.

Le vieux Janin l'a dit : « Vous dé-
routez la postérité... Non, non, s'il
vous plaît Pétrone et vous Tacite, et
vous tous qui riez en pleurant, qui
mêlez une larme à vos sourires, pas
de ces mensonges officieux qui semblent plutôt faits pour déguiser l'in-
sensibilité des vivants que la pénurie
des morts. » Non, non, le poète et
l'écrivain, le peintre et le sculpteur,
tous ces malheureux qui ne meurent
pas dans leur lit... que vous empor-
tez dans une civière, ce n'est pas dans
la maison Dubois qu'ils expirent...
ils expirent à l'hôpital.

Ah ! cette maison Dubois ! y suis-je
souvent allé voir quelque pauvre
ami !... Comme Janin, je dis que c'est
un hôpital, mais celui que j'allais
visiter ne l'entendait pas ainsi ; il éta-
blissait une distinction et à aucun
prix ne voulait du mot *hôpital*, ni
même de *la maison municipale de
santé...*, seule *la maison Dubois* lui
souriait..... parce que cela ne disait
rien, et je ne pouvais souffrir cette
dénomination parcequ'elle me rappe-
lait à moi, qu'il y a non loin de ma
ville natale, un petit hameau qui n'est
que le prolongement d'un autre village et qui a nom : *la Maison du bois*
— près du bois, où tout enfant j'allais jouer... C'était vraiment bien le
moment d'y songer.

Fondée en 1802, je ne sais pas quel

est l'homme de lettres qui en a eu l'étrenne, mais le premier que mes souvenirs y trouvent est ce jeune Imbert Gallois sauvé de l'oubli par sa fameuse lettre : « Lettre admirable, selon Victor Hugo, éloquente, profonde, maladive, fébrile, douloureuse, folle, unique ; une lettre qui raconte toute une âme, toute une vie, toute une mort, une lettre étrange, vraie lettre de poète, pleine de vision et de vérité, »... mais qui ne me semble pas devoir augmenter d'un façon bien sensible la sympathie qu'on pouvait éprouver pour ce jeune Suisse. A tout cela, Victor Hugo ajoute : « Un grand fait pourtant domine cette morne histoire : *c'est un penseur qui meurt de misère !* voilà ce que Paris, la cité intelligente, a fait d'une intelligence. » Le reproche me paraît tout à fait injuste.

Telles sont du moins les deux impressions que m'a toujours causées la lecture de cette lettre faite plusieurs fois à des intervalles éloignés.

Gustave Planche y est mort ; j'ai entendu raconter que le lendemain de son entrée dans cette maison, il avait reçu de son ami le père Claudon, un vieux journaliste, la somme de 25 francs et un billet qui disait :

« Je viens d'apprendre, mon vieil ami, que vous êtes à l'hôpital..., il ne doit pas y avoir de dessert dans ces endroits-là. Les fruits sont superbes en ce moment-ci. Je sais que vous les aimez, achetez-en ; leur seul défaut est d'être un peu cher. »

Or, retenez ceci, le père Claudon était alors certainement plus pauvre que Planche dans sa chambre de la maison Dubois.

Au cimetière, lorsque M. Montégut allait prendre la parole, Jules Janin qui ignorait cela, *n'écoutant que son cœur* et malgré sa position délicate vis-à-vis du défunt avec qui il avait échangé peu de temps auparavant force horions, n'a pas hésité à rendre un dernier hommage à l'homme que tout le monde estimait. Cet incident fut fort commenté à l'époque, il y a quarante-quatre ans de cela ; je me souviens même de m'être emballé à ce sujet, et, n'écoutant aussi que mon cœur, avoir tartiné pour Janin. On se moqua de moi, mais je continue à ne pas me repentir. — J'étais du côté de la note humaine.

P. S. Un parent de Planche, voulant prévenir les amis du défunt de l'heure de l'enterrement, porta une note à deux grands journaux dont Planche avait été le collaborateur et dont je veux bien, pour l'instant, ne pas me rappeler les noms ; ces deux feuilles firent passer la note aux annonces et exigèrent 120 francs, ce qui fit dire à un journal de la petite presse, auquel je collaborais : « Ce n'est pas que ce soit cher..... c'est honteux. »

Charles Barbara, l'auteur des *Histoires émouvantes*, de l'*Assassinat du Pont-Rouge*, etc., s'y est jeté d'une fenêtre du quatrième étage..... à la suite d'un accès de fièvre chaude — c'est entendu. « Il est mort, dit M. Jean Wallon, plein de foi dans les grandes convictions que l'homme n'a point faites, mais qui font les hommes, et qui, dans ce rude labeur de la vie, inspiraient et soutenaient son courage. » Et en avant la fièvre chaude.

Oh! bien d'autres choses aussi le poussaient vers cette fenêtre. Non, allez, sa foi en tout ce que vous voudrez, s'était lassée, il avait assez de la vie, il en avait de trop et il est mort en désespéré...; il y avait de quoi? C'était un brave garçon pour qui la vie fut toujours amère, qui était misérable ne méritant pas de l'être et ayant sans cesse essayé vainement de se sortir de là. Il était silencieux, concentré, peut-être de ceux pour qui il est dit dans l'*Imitation : Quoties inter homines fui, mi-*

nor homo redii..., ses amis s'étonnaient de ne le voir jamais rire, ils auraient dû se demander s'il en avait jamais eu le motif ; il était timide. sauvage, susceptible comme les gens qui sont dignes, et il ne pardonna jamais à Murger de l'avoir fait figurer sous un nom baroque dans les *Scènes de la vie de Bohême...* Il luttait, et s'il eut été un vrai catholique, il aurait offert à Dieu tous les malheurs qui le frappaient et se fut arrangé de façon à vivre jusqu'au bout la vie misérable que le sort lui avait faite. Mais il sentait vivement, et les derniers coups l'accablèrent... ; en quelques jours il venait de perdre la mère de sa femme, sa femme et son enfant ! Il envoya tout au diable! Oh que non, s'écrie M. Wallon! la foi ne l'abandonna jamais...

Ces catholiques sont étonnants ; toutes ces théories là ne sont bonnes que pour ceux qui ne manquent de rien ou tout au moins voient leurs efforts récompensés si peu que peu, ou encore pour ceux qui prudemment cantonnés dans leur *moi* le tiennent autant que possible à l'abri des incertitudes douloureuses de la vie. Les religions vivent de cela.

Ses funérailles ont eu lieu le soir, il pleuvait, on était quarante à l'église et un peu moins au cimetière, Asselineau, Wallon, Ph. Boyer, P. Deltuf et deux ou trois autres. Les délégués de la Société des Gens de lettres ne se sont point montrés ; on l'a enterré sans souffler mot, dans la boue et presque dans la nuit, a dit Edmond Duranty. Le lendemain, Paul Féval a déclaré qu'il n'y était-pas allé par suite d'un malentendu et a, comme preuve, publié le discours qu'il devait prononcer sur sa tombe.

Quatorze ans plus tard, Duranty mourait dans cette même maison d'une décomposition du sang. Celui-ci eut de belles funérailles, et c'était justice, car il laissera dans l'histoire littéraire de notre époque une trace ineffaçable. L'assemblée d'élite qui l'accompagna jusqu'au cimetière de Saint-Ouen fut le couronnement d'une vie toute de luttes et de combats intellectuels. Dans un discours ému, le docteur Thulié a décrit les premiers vagissements du journal le *Réalisme* (1857) et a esquissé rapidement l'histoire des trois jeunes gens fondateurs de cette feuille, Assézat, Duranty et lui, Thulié, puis il a retracé la vie de Duranty « ..... qui aurait pu être heureux, car la fortune lui souriait au début et il n'avait qu'à se laisser faire... » Il n'avait qu'à se *baisser*, c'est vrai, mais il était trop fier et trop ombrageux, et l'histoire de la jeunesse de Duranty, — qui, du reste, ne serait point ici à sa

place, m'entraînerait où je ne veux
pas aller.

A la maison de santé de Bellevue,
Jules de Prémaray qui y passa avant
de mourir neuf années de souf-
frances, d'amertume et de résignation, pendant lesquelles il se demandait s'il était arrivé ou s'il était
Tartempion. Il écrivait à son neveu :
« Suis-je arrivé ?..... à Bellevue (la
maison de santé !) je le sais bien,
mais je pourrais être aussi fou que
le Tasse et Donizetti et cela ne m'em-
pêcherait pas d'avoir eu dans mon
antichambre des directeurs me demandant des pièces et des collabo-
rateurs éminents voulant unir leurs
lauriers à mon brin d'herbe ! Est-ce
cela qu'on appelle arrivé. » Il ne de-
manderait pas mieux que d'être un
débutant qui n'arrivera pas ; au
moins, il serait jeune et bien portant.
Il est furieux contre Vapereau qui
a dit qu'il s'était fait connaître par
des odes (?); il y revient souvent.
Quelles vaines et folles préoccupations ! Voilà un homme qui n'est point
un sot, qui est assez instruit pour
savoir ce qui reste d'un siècle litté-
rairement parlant, et qui s'inquiète
de ce qu'a dit Vapereau, de ce que
dira la postérité... Tous les mêmes !

Au moment de mourir, il disait à sa sœur à propos des lettres de faire part : — Surtout n'oublie personne !

Malheureux homme, il ne lui restait plus qu'à soigner son enterrement !

A l'hôpital !
Le roi de la bohême
Quelques figures d'un autre âge
Aux Incurables !

—

MAIS sortons de ces maisons de santé et sans plus tourner autour, entrons à l'hôpital.

Ici, il nous faut faire un choix, citer tous les malheureux qui y ont trouvé leur dernier lit est chose matériellement impossible... ils sont légion.

Pourquoi craindre de mourir à l'hôpital quand on a tout fait pour l'éviter, disait, un an avant de mourir, le vieux Julien Danielo, l'ancien secrétaire de Chateaubriand, qui lui avait dit en mourant : Il faudra venir me voir sur le Grand Bé et être fidèle à ma mémoire.....; oui, pourquoi craindre l'hôpital « quand on n'y tombe que pour avoir été fidèle à ses principes et à sa conscience? La vie vaut-elle qu'on lui sacrifie ces saintes choses, la vie est-elle assez longue pour qu'on ne puisse pas se condamner à souffrir un peu pour le devoir et la dignité humaine. »

Je ne sais si l'auteur de *la Vie de Madame Isabelle* est mort à l'hôpital, mais s'il est mort chez lui rue Notre-Dame des Champs au milieu de ses innombrables pigeons — ça été bien pis.

Si les philosophes vont à l'hôpital, quelques fois aussi leurs contempteurs s'y rencontrent; ainsi Louis Nicolardot, mort à l'hôpital du Perpétuel-Secours de Levallois-Perret, un vilain monsieur qui salissait tout ce qu'il touchait. Barbey d'Aurévilly qui en avait fait son ami intime, disait : — Quand je paraîtrai devant Dieu, je lui dirai : J'ai commis bien des fautes... mais, Seigneur, considérez que j'ai supporté M. Louis Nicolardot... — Nicolardot, c'est ma vertu.

Pour moi, comme pour le Père Eternel — si je le connaissais assez pour l'engager dans cette affaire — j'ai bien peur que ce grand sentiment ne se réduise tout simplement à ceci : le sieur Nicolardot avait vomi sur certains philosophes abhorrés de Barbey, qui était un passionné et haïssait avec autant de franchise que de violence — ce dont je suis loin de lui faire un crime, bien au contraire ! mais malgré la hauteur de son mépris et peut-être à cause de l'excès de son aversion, ses yeux se reposaient-ils avec quelque plaisir sur la boue dont

avaient été salis les personnages qu'il
exécrait.

A l'hôpital, un confrère de Nicolardot, le sieur Charles Marchal dit
de Bussy, littérateur français et écrivain catholique, dit Vapereau (*Année
littéraire*); je ne l'ai mis ici (et j'en
demande pardon au lecteur) que
comme curiosité macabre. Je ne crois
pas que jamais mort d'homme ait
donné lieu à une note ainsi rédigée ;
— je l'ai prise dans un journal fort
répandu alors :

Ce maître filou, qui vivait d'escroquerie
et de chantage, est mort comme il devait
mourir. On l'a ramassé râlant l'eau-de-vie
au coin d'une borne et on l'a transporté
dans un hospice où il a rendu, comme
disait Chanfort, sa chienne d'âme à
Satan.

On l'encrotte demain.

Ce Charles Marchal ne valait que
cela, c'est vrai... et encore le valait-il ?

A l'hôpital Necker, mourait un
Bourguignon bien connu de Paris
lettré, l'ancien ami de Dumas, de
Musset, de Méry, etc., et dont Monselet, dans sa *Lorgnette littéraire*, a
tracé un charmant petit portrait. A
la nouvelle de sa mort, le Ministère

d'Etat mit à la disposition des amis de Guichardet une somme de 300 francs pour les premiers frais, puis après l'enterrement, l'Administration demanda ce que cela avait coûté et déclara qu'elle se chargeait de tout, invitant les amis du mort à lui signaler s'il laissait des parents et s'il y avait quelque chose à faire pour eux.

On l'enterra à Montmartre dans le tombeau de famille d'un de ses amis M. L'Herminier ; étaient présents : Edmond Texier, les deux Musset, Albéric Second, Méry, le marquis de Belloy, H. Blaze de Bury, Pierre Petroz, Henri de la Madelène, Alexandre Pothey, etc., environ deux cents personnes.

Or, le lendemain, M. Jules de Goncourt écrivait à Flaubert : « La bohême vient de perdre encore un homme de lettres, il s'appelait Guichardet et n'avait rien écrit. Ces jours-ci, il se réveilla avec *le delirium*, il croit avoir bu la nuit, avoir couru une bordée avec des amis, ses amis empoignent cette belle illusion et lui disent : « Oui, nous avons fait la noce cette nuit, un peu trop fort, il faut nous retaper..... C'est de la fatigue. Viens avec nous manger une soupe à l'oignon à la Halle ! » Et ils l'emmènent en fiacre à l'hôpital Necker. Il est allé à la mort comme on va chez Baratte. C'est assez beau de faire avaler l'éternité à un monsieur dans l'idée d'une soupe à l'oignon ! »

C'est tout à fait charmant et d'un tour exquis... Cependant, comme on ne sait pas de quelle façon on partira soi-même, on devrait, au moins par prudence, sinon par convenance, ne rire des derniers moments de personne. Je n'insiste pas... ; mais quand Jules de Goncourt est mort, il était mûr pour Charenton ou pour Bicêtre (et quelles histoires !) — Son frère l'a reconnu lui-même : « J'ai une affreuse peur de mourir... Mon pauvre frère serait mis dans une maison de santé. »

A l'hôpital Albert Brun — pas un rêveur, celui-là ! un homme pratique qui, par une littérature très intransigeante d'abord, puis sensiblement adoucie dans la suite, était arrivé au *summum* de ses ambitions, avait été sous-préfet et enfin percepteur. Je n'ai jamais vu être plus laid, plus affreux, plus grotesque que cet avorton méridional, noueux, crochu, raboteux, et parabolique qui portait beau et était aussi désagréable à voir qu'à entendre ; il vous donnait pour au moins huit jours une indigestion des gens du Midi — si spirituels et si plaisants d'ailleurs ! — Quel horrible Tartarin !

A l'hôpital, tout un coin de chansonniers ! — c'est comme une nécessité..... philosophique. A l'hôpital, Louis Voitelain, vieil ouvrier typographe, mort à Bicêtre d'une terrible maladie qui depuis dix ans le tenait cloué sur son lit et dont je me rappelle la chanson *la Grand'Mère* :

Un jour quand j'étais tout petit,
Que je pleurais à perdre haleine,
Ma grand'mère à bas de son lit
Saute, malgré sa soixantaine :
Puis me prenant entre ses bras,
Pour m'apaiser me dit tout bas :
    Dodo, mon petiot,
Tu n'es pas au bout de ta peine,
    Dodo, mon petiot,
Garde tes larmes pour tantôt.

Ton père, mon pauvre chéri,
Quoique maintenant, il t'embrasse,
Quand tu poussas ton premier cri,
Fit une piteuse grimace.
Il avait raison sur ma foi,
On se serait passé de toi.
    Dodo, mon petiot,
Dieu n'a rien mis dans ta besace,
    Dodo, mon petiot,
Garde tes larmes pour tantôt.
Etc.

Avouez qu'il y en a de plus mauvaises — et des modernes.

A l'hôpital Gustave Leroy, autre ouvrier, « beau garçon, un peu bellâtre et très *gouapeur* », tel est le portrait que m'en a fait la personne qui m'en a parlé, car je ne l'ai pas connu. Il avait du feu, de l'enthousiasme, sa forme était plus lâchée que celle de Charles Gille, mais la pensée était plus violente. Il faisait des chansons socialistes, et une de celles qui ont eu le plus de succès : *Si j'étais le choléra* — si elle témoigne de sentiments un peu vifs, ne peut pas être accusée d'hypocrisie ; elle se chantait... mais oui ! elle se chantait sur l'air du *Cabaret de Ramponneau*. En voici le couplet le plus présentable :

On promit en plac' publique
Aux grands jours de Février,
De sout'nir la République
Et d' protéger l'ouvrier.
Comme toutes nos lois se taisent
Et qu' c'est à qui mentira,
J'emport'rais ceux qui me déplaisent
Si j'étais le choléra.

Il est tombé et s'est tué en déménageant une commode qu'il cherchait à faire passer par une fenêtre, — c'est au moins ce que l'on m'a dit, et la chose est assez malheureuse sans y ajouter un commentaire que l'on m'a raconté également et qui fait de l'accident une tragédie.

Victor Rabineau, ouvrier aussi, qui eut comme Leroy son heure de succès en 1848 avec *les Malthusiens, le Vieux Tambour, le Juif Errant, les*

Vieux Papillons, la Gloire militaire et surtout *la Locomotive :*

Victoire! il n'est plus de distances,
Tu renverses sur ton chemin
Les despotiques résistances
Où se heurtait le genre humain!
L'homme a compris ta mission féconde,
A ses faux dieux, il renonce irrité!
Char du progrès, vole et porte au vieux monde
    La paix, l'amour, la liberté.

Il est mort à l'hôpital, mais trois cents citoyens, l'immortelle rouge à la boutonnière, l'ont accompagné au Père-Lachaise et plusieurs discours ont été prononcés sur sa tombe — tout comme s'il eut été de l'Académie française.

✦◉✦

Après l'hôpital, l'hospice, la maison de retraite — à Chaillot! crie le gamin de Paris; et je ne citerai que le chevalier Raoul de Moncy, grand ami des gens de lettres, royaliste... passionné de Voltaire, le causeur le plus abondant et le plus spirituel des soirées de Sainte-Périne et que Balzac alla voir par curiosité.

Et pour clore cette horrible litanie, quelque chose d'effroyable..... une maison d'où l'espérance est bannie et qui mieux que l'Enfer mérite la désolante inscription de Dante : *Lasciate ogni speranza, voi ch'intrate :* — LES INCURABLES !

Des gens de lettres ont fini là — et ne nous attristons pas trop sur eux, puisqu'ils y ont conservé la gaieté — tant l'esprit devient vite l'esclave du corps. Voici le billet de faire part — et vous n'en connaissez pas beaucoup de semblables — d'un bon vieillard qui certainement avait aimé à rire, à boire et à chanter comme vous ; la veille de sa mort, il envoya à ses amis et connaissances l'invitation suivante :

M.

Vous êtes prié d'assister à l'enterrement de **Gay de La Tour de La Jonchère** (André-Louis-François), né le 16 novembre 1784, auteur dramatique, presque homme de lettres, mais véritablement de l'Association des Auteurs dramatiques, décédé le 24 février 1858 à l'hospice des Incurables (hommes), 8, rue des Récollets, qui se fera le 26 du courant, à huit heures du matin, à la chapelle de l'hospice.

Priez pour lui !

De la part du vieux défunt **Gay de La Tour de La Jonchère**, qui vous prie instamment de lui rendre cette honorable, cordiale et dernière visite !... mais sans revanche.

Je ne sais pourquoi le souvenir d'un personnage que je n'ai vu qu'une fois me vient à l'esprit. Comment est-il mort? Je l'ignore..., mais il parlait souvent de son grabat, il datait de son grabat les œuvres dont il enrichissait le patrimoine littéraire de son pays, et à coup sûr, il a dû mourir sur son fameux grabat — ou c'est à ne plus croire à rien.

Un matin, j'entrais au café Véron avec mon viel ami Benjamin Tilleul, un homme déjeunait à la table voisine... — Tiens, bonjour Ganneau, dit Tilleul, comment cela va-t-il? — Comme un homme qui vient d'enterrer sa femme, répondit Ganneau d'un ton pénétré. — Eh! quoi, cette pauvre *Résignée* est morte !

Elle était du monde où les plus belles choses
Ont le pire destin...

reprit l'autre, et comme on venait de lui apporter une omelette, il la retourna du bout de sa fourchette et murmura : — Allons bon, elle est brûlée... autre em...bêtement.

Il n'y a d'inexact dans ce court récit que le dernier mot que j'ai adouci — pour les lectrices.

Cela n'empêchait pas Ganneau — au contraire! — d'être un des bons philosophes de notre temps et de signer ses nombreuses publications *évadiennes* exactement comme suit !

De notre Grabat, en notre ville de Paris, la grande Eda de la Terre.

AU NOM DU GRAND ÉVADAH, AU NOM DU GRAND DIEU,

Père, Mère,

A Paris, à l'Univers.

EXPANSION,
AMOUR.

LE MAPAH.

« Il n'était que Poussière et Néant, une larme d'Amour tombée du Sein de la Mère l'a fait Vie et Lumière. »

*Les désespérés
meurtriers d'eux-mêmes
Un curieux document*

TERMINONS enfin cette longue promenade funèbre par une courte visite à ce que Dante appelle la seconde enceinte du septième cercle, gardé par le Minotaure, et où se débattent au milieu d'inutiles regrets, les désespérés, les meurtriers d'eux-mêmes... Ceux qui loin d'eux rejetèrent leurs âmes (*lucemque perosi, projicere animas*)... Des regrets ! la vie vaut-elle donc tant qu'on ne puisse que la regretter ? — Mais il est parfaitement inutile d'exécuter des variations sur la mort volontaire et sur le droit qu'on a ou qu'on n'a pas de mettre fin à ses jours. Les anciens ont dit à ce sujet presque autant de bêtises que les modernes..., ne nous ajoutons donc pas de gaîté de cœur.

Les causes du suicide sont multiples et, en somme dans chaque cas particulier, cet acte de désespoir ne relève que de la conscience... Tout a été dit là-dessus, et personne ne l'a mieux dit que Armand Carrel : « Laissons le droit quel qu'il soit dans une matière où aucune justice humaine ne saurait le faire respecter. »

De son sort l'homme seul dispose !
Il a toujours, quand il lui plaît,
Dans la balle d'un pistolet
La clef de sa métamorphose.

. . . . , .

Sautelet se présente le premier à la pensée, quoique d'autres, hélas ! depuis le commencement du siècle, aient demandé le repos à la mort et y aient trouvé en même temps l'oubli le plus profond. C'était un libraire et le gérant du jonrnal le *National*, mais un libraire et un gérant absolument exceptionnel, qui était resté homme du monde, fort au-dessus de sa profession et qui, tout en travaillant « n'était point descendu d'une certaine hauteur à laquelle ses excellentes études et la portée naturelle de son esprit l'avaient placé. » Les trois cents personnes qui suivaient son cercueil et parmi lesquelles on remarquait Béranger, Manuel, Scheffer, Delé-

cluze, Isambert, Victor Cousin, G.
Lafayette, Mérimée, Vitet, Cauchois-
Lemaire, Comte, Dunoyer, Tissot,
Armand Bertin, Ballanche, etc., té-
moignaient assez de la valeur de l'ami
qu'elles avaient perdu. Le convoi s'est
rendu directement de la rue Neuve
Saint-Marc au cimetière Montmartre
où l'on s'attendait à ce que Victor
Cousin prit la parole sur la tombe
de ce jeune homme qui avait été
l'un de ses élèves les plus distingués,
un de ses disciples les plus aimés,
mais il n'a pu vaincre son émotion
et on s'est dispersé au milieu de la
plus profonde douleur que causait
le trépas inattendu de ce jeune
homme pour qui l'avenir se montrait
si brillant. Aucun de ses amis n'a
voulu nous dire le pourquoi de cette
tragédie, ils nous l'ont montré entrant dans le monde avec une figure
charmante, le goût des choses éle-
vées, l'esprit le plus savant, des
manières réservées qui sentaient la
défiance de soi et un laisser-aller
naturel qui exprimait la confiance
et l'inspirait à première vue. Sa
situation était prospère... « et pourtant il avait déjà l'invincible pressen-
timent d'une mort funeste. Ce pres-
sentiment devint à la longue, une
disposition habituelle d'esprit qu'il
ne craignait plus de montrer et que
chaque contrariété nouvelle, fortifiait

malheureusement en lui... Par la plus déplorable des fatalités, il a échappé le soir même de la catastrophe à une conversation cherchée par celui de ses amis qui avait le plus d'intérêt à l'observer, conversation qui devait infailliblement l'amener à une confidence et sauver ses jours ! »

Cela n'apprend rien sur la cause de cette mort, mais c'est tout ce que j'ai trouvé.

Lorsque Sautelet, qui n'avait pas trente ans, se fut condamné à mort, il passa la veille de son exécution à mettre en ordre ses affaires et à écrire à ses amis pour leur apprendre sa mort. Puis quelques minutes après la dernière lettre, il se brûla la cervelle.

C'est à cette mort que nous devons l'admirable morceau d'Armand Carrel sur la *Mort volontaire*, pages dans lesquelles a passé comme un frisson d'épouvante, a dit Sainte-Beuve : « C'est un bel article, sombre, fier, tendre sans faiblesse, moral sans déclamation et comme avait seul le droit de l'écrire un homme qui avait sondé la vie et vu plus d'une fois la mort en face. »

La vue de ce crâne brisé, de cette belle tête affreusement mutilée, de cette chambre tachée de sang, avait encore plus impressionné Armand

Carrel que si son ami fût mort d'une blessure qui ne l'eût pas défiguré. Cependant après son duel avec M. Roux-Laborie où il reçut dans le ventre un coup d'épée, Carrel décida que le cas échéant, il prendrait le pistolet ne voulant pas être déchiré par le tranchant du fer. Trois ans après, dans son duel avec M. de Girardin, il tombait mortellement frappé au bas ventre et, après deux jours de souffrance, mourait à Saint-Mandé où on l'avait transporté.

Ce qui va suivre mérite l'attention : c'est un véritable document psychologique et le récit poignant des dernières heures d'un suicidé, sorte de *memento* de ses impressions qu'il n'a abandonné que pour se passer la corde au cou. Voici le papier qu'on trouva sur son bureau :

Pour Monglave.

Je crois, mon cher ami, que vous devez commencer par faire appeler le commissaire de police, afin que la constatation du suicide ait une existence légale.

Pour la suite, vous suivrez mes instructions.

Adieu ! santé et bonheur !

25 mars 1852, 4 h. 1/2 du matin.

Dernières notes à donner à mes enfants

25 mars 1852, 10 h. 1/2. — Je viens de rentrer. Du reste de charbon que j'avais acheté pour dix-neuf sous, il y a six ou huit jours, je fais un peu de feu, la soirée ayant été froide et la nuit devant l'être.

Je ne me coucherai plus !

J'ai pris mes précautions : ma barbe est faite, mon corps est bien lavé, j'ai mis un caleçon propre ; j'ai monté ma pendule, j'ai balayé et épousseté partout ; j'ai brûlé beaucoup de papiers, j'en ai rangé un grand nombre.

J'ai vendu ce matin quelques livres, afin d'être à même de déjeuner, de dîner et d'acheter des bougies qui serviront à éclairer mon corps, suivant l'usage.

Depuis quatre heures j'étais en course. J'ai été rue Richelieu 110, puis dîné, quel dîner ! vingt et un sous ! rue Fontaine-Molière.

Rentré ensuite chez moi, j'ai mis un post-scriptum à ma lettre à mes enfans et à celle que j'adresse à Monglave.

Après avoir ficelé et cacheté trois paquets, un pour Aglaé, le deuxième pour Monglave et le troisième pour mes enfans, je me suis mis en route de nouveau.

J'ai été déposer le paquet de Monglave.

J'ai été chez Aglaé et je lui ai remis le sien à elle-même ; mais je n'ai pu lui parler que peu et sur le palier ; parce que la mère de mes enfans était avec elle. Elle croit que je vais en voyage.

J'ai été chez Emile et j'ai donné à Alexandrine le paquet pour mes enfans.

J'ai été rue de la Paix. Mes enfans sont descendus, et j'ai pu les embrasser une dernière fois ! Quelle douleur ! Elles devaient venir me voir demain au matin ; il fallait aller au devant de leur démarche. Je leur ai dit de passer chez Emile avant de se rendre chez moi, afin de prendre un paquet qui devait y être déposé dans la soirée. Elles n'ont eu aucun soupçon ces chères petites, et elles pourront au moins passer une bonne nuit.

J'ai été chez Sophie, où se trouvaient Octavie et Alphonsine. Toutes les trois travaillaient. Nous avons causé pendant trois quarts d'heure. Je leur ai dit qu'à la suite d'un rendez-vous que j'avais pour dix heures, il serait possible que je partisse pour un voyage. Sophie a voulu savoir où j'allais. Je lui ai répondu que je l'ignorais, ce qui est vrai ! mais qu'elle aurait une lettre de moi demain matin.

J'ai fait le tour du Palais-Royal.

A mon retour, j'ai mis toutes mes lettres à la petite poste de la rue de l'Ancienne-Comédie, près de la rue Saint-André-des-Arts.

Minuit. — Je prépare les bas, la chemise et le drap qui doivent être mes derniers vêtemens.

Je sens que le moment approche. Je le sens à une émotion de l'âme dont je ne puis me défendre, malgré mon courage.

Je fais ma prière à Dieu pour le repos de l'âme de Maria, pour mes enfans, pour moi-même ; car il y a un cri intérieur qui appelle à lui les sentimens du cœur les plus doux, les meilleurs, et avec eux la confiance et l'espérance.

J'entretiens le feu. Il me semble qu'il y a auprès de moi quelque chose qui vit.

Si je n'avais pas été trompé, délaissé, abandonné, je n'en serais certainement pas où j'en suis.

Mais seul, entraîné, abusé dans un chagrin cuisant depuis la mort de Maria, sans consolation, sans espoir, poursuivi par le besoin, par la misère, humilié, calomnié, outragé, je n'ai vu qu'un moyen de sortir de cette situation extrême, et ce moyen, c'est le suicide.

Deux heures. — Que le temps passe vite ! deux heures sonnent ! Le vent est vif et fort au dehors ! Il y a dans l'espace une tempête qui retentit au fond de mon cœur.

Je viens de mettre ma clef dans la serrure, du côté de l'escalier et j'ai suspendu à la clef, par un fil rouge, ma lettre à Mᵐᵉ Louise, ma concierge, dans laquelle je la préviens de l'événement et lui donne quelques instructions. De sorte que la première personne qui viendra ce matin la verra, la prendra, la remettra.

Deux heures et demie. — Il faut pourtant que je m'occupe des préparatifs. Je ne veux pas que le jour me retrouve là.

Le genre de mort ne m'était pas indifférent. Je voulais me tirer un coup de pistolet dans le cœur; c'était un mode facile et prompt. Je n'ai pu me procurer de pistolet. Me noyer, c'était hors de chez moi ! et puis j'ai toujours eu horreur de l'eau. M'asphyxier par le charbon, c'était une agonie dure et lente. J'ai adopté le moyen que voici.

J'ai fait l'essai de la strangulation à la manière de Pichegru, et j'ai compris que cela était d'une exécution aisée.

Je vais donc attacher ensemble plusieurs petits morceaux de bois. Je les ai apportés l'année dernière de Montmorency où j'étais allé avec mes enfans, Sophie et ses sœurs. Attachés ainsi ils auront plus de force. Je les passerai dans le nœud de mon mouchoir de cou et je tournerai tant que les forces me le permettront.

Pour plus de certitude de réussite encore, j'attacherai fermement au haut de ma bibliothèque une cordelière que j'ai depuis long-temps; j'y ferai un nœud coulant que je me passerai au cou ; je chasserai la chaise qui sera sous mes pieds et je resterai enfin suspendu.

La strangulation et la suspension doivent avoir infailliblement leur effet.

Nous allons voir !

Trois heures. — Le feu passe ; je suis contrarié.

Je fais une remarque, c'est que les besoins de la nature sont plus fréquens depuis tantôt.

J'entends le bruit des voitures des maraîchers qui vont à la Halle. — Je ne profiterai point de ce qu'ils apportent.

Allons !

O mes chers enfans ! vos douces figures sont devant moi et me troublent !

Du courage !

Trois heures et demie. — Je viens de fixer la cordelière.

J'ai essayé les quatre petits morceaux de bois attachés ensemble ; mais je ne pouvais pas les faire manœuvrer.

J'ai pris un petit morceau de bois.

A quatre heures ou à quatre heures un quart, j'exécuterai ; pourvu que tout marche à mon gré.

Je ne crains pas la mort puisque je la cherche, puisque je la veux ! Mais la souffrance prolongée m'effraie.

Je me promène ; les idées s'évanouissent.

Je n'ai que la conscience de mes enfans.

Le feu noircit.

Quel silence m'environne !

Quatre heures. — Quatre heures sonnent. Voilà bientôt le moment du sacrifice.

Je mets ma tabatière dans le tiroir de mon bureau.

Adieu mes filles chéries !

Dieu pardonnera à mes douleurs.

Je mets mes lunettes dans mon tiroir.

Adieu... encore une fois adieu, mes enfans bien aimées !.. Vous avez ma dernière pensée. A vous les derniers battemens de mon cœur...

Il est inutile d'affaiblir ce document par les réflexions qu'il suggère... Le suicidé Saint-Edme — comme bien d'autres, du reste — avait dit en 1827 que le suicide est une mort furtive et honteuse, comme un vol fait au genre humain...

Pauvres moralistes que nous sommes, quand nous en arrivons-là, adieu les théories et les professions de foi !

Saint-Edme, qui toute sa vie, avait été activité et travail, s'est tué parce que...; mais, après tout, cela ne nous regarde pas, tenons nous en à ce qu'il a indiqué; chacun est maître de sa destinée. Monglave, que j'ai connu et qui aimait à raconter, comme tous les vieillards, m'a analysé, m'a commenté, ligne par ligne, ce document qu'il donna à la presse et qui fut publié tel que Saint-Edme le lui avait envoyé.

Saint-Edme avait soixante-sept ans; il fut enterré le 29 mars 1852 et sur sa fosse, le Dr Samson retraça en quelques mots la vie utilement et laborieusement remplie de l'ancien collaborateur de Germain Sarrut.

Au moment de fermer ce livre, cette
pensée d'un poète persan me revient à
l'esprit : — Il y a une grande analogie
entre le jeu d'échecs et la vie humaine ;
les hommes sont comme les pièces de ce
jeu. Les uns remplissent le rôle de roi,
de chevalier, — les autres celui de
fou et de simple pion ; tant que la
partie dure, il y a entre les pièces du
jeu des échecs une grande différence,
— lorsqu'elle est finie et que l'échi-
quier est fermé, on jette pèle-mèle et
indistinctement toutes les pièces dans
une même boîte.

La mort n'agit pas autrement avec
les hommes.

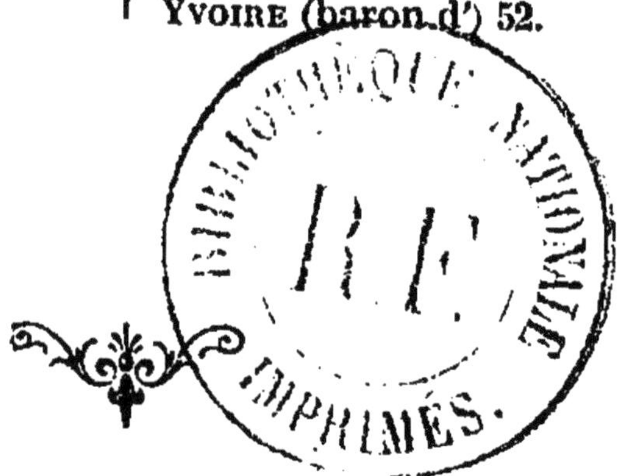

Achevé d'imprimer

Le vingt septembre mil neuf-cent-un

PAR

FRÉDÉRIC EMPAYTAZ

A VENDOME